最狂公爵閣下のお気に入り

登場人物紹介
シリウス
オルモード公爵家の当主。
その美貌、頭脳、破天荒な性格により
「最狂公爵閣下」と呼ばれ、
周囲の人に恐れられている。
セレスティナ
スワレイ伯爵家の令嬢。
何事も妹を優先する両親に
蔑ろにされている。
将来の夢は魔工技師になること。

イザーク
シリウスの息子。
シャーロットとは双子。
シャーロット
シリウスの娘。セレスティナを
妹のように可愛がる。
ジェームズ
スワレイ伯爵。
セレスティナとジーナの父。
ジーナ
セレスティナの妹。
姉を見下している。
メリッサ
セレスティナとジーナの母。

第一話　小さなレディ

「お姉さんなんだから、我慢しなさい」

母親のメリッサにそう言われ、セレスティナは押し黙った。

またた……そんな寂しさが胸を襲う。一体今までに何度この台詞《せりふ》を言われただろう。妹のジーナは十三歳で、自分は今日十四歳になったばかり。年なんてたったの一つしか違わない。なのに、お母様はいつだって、こうやって妹のジーナを甘やかす。

お客様からお誕生日祝いにいただいたお菓子が一つしかない。それを妹が欲しがったのだ。王室御用達の品だから欲しがるジーナの気持ちも分からなくはない。手に入れられる人は限られている。でも、これは私がもらったものだ。誕生日のお祝いだから、一年に一度の特別な贈り物である。

なのに、どうして譲らなければならないのか……

セレスティナがそう訴えた時の台詞《せりふ》がこれである。

——お姉さんなんだから、我慢しなさい。

お姉さんなんだから、お姉さんなんだから……。好きでお姉さんになったわけじゃないわ！

そう言いたくなるのを、セレスティナはぐっとこらえた。

色とりどりの風船が飾られた誕生日パーティーの会場は華やかだ。けれど、先程までの浮かれた気持ちはどこへやら、せっかくの誕生日なのに、黒くて嫌な感情がぐるぐると渦巻く。

――お姉さんなんだから妹には優しく……

セレスティナとて母親の言うことが分からないわけじゃない。自分だってそうしたい。

けれど、何故私だけ？　どうして私だけがいつも我慢しなければならないの？　どうしてお母様は妹にばかり甘いのか。こうした不満が積もり積もって今にも爆発しそうだった。

セレスティナを見下ろす母親は、ふくよかな中年女性だ。その腰には妹のジーナがへばりつき、恨みがましげな視線を向けてくる。こちらは蜂蜜色の髪の美少女だ。ピンクの華やかなドレスに色鮮やかなアクセサリーをふんだんにつけた姿は、主役であるセレスティナより華美で目立った。

なにせ、セレスティナの装いはシンプルだ。アクセサリーなど一切身につけておらず、飾り気のないブラウンのドレスは、まるで家庭教師のよう。それでも誕生日会を開いてもらえるというだけで、セレスティナは浮かれたが。

母親のメリッサがこんこんと諭《さと》した。

「あとで同じものを買ってあげます。だから、それはジーナにあげなさい。それくらいなんですか。そんな我《わ》が儘《まま》な子に育てた覚えはありませんよ」

我《わ》が儘《まま》……

母親の叱責にセレスティナはぐっと唇を噛む。

買えないと思うわ。このお菓子はそうそう手に入らないもの。だから、多分、買ってなんかもらえない。お姉さんなんだから我慢しなさいと言われて、きっとそれで終わりね。

セレスティナが泣きそうになっていると、唐突に別の声が割り込んだ。

「なら、妹の方に、あとで同じものを買ってやればいい」

低く厚みのある声は大人の男の人のものだ。ふっとセレスティナが顔を上げると、長い銀髪の男性がメリッサの横に立っていた。お酒のグラスを手にしている。

大きい……

セレスティナは目を見張った。威風堂々《いふうどうどう》とした男性だ。片眼鏡をかけた端整な顔立ちは厳格そうで、青い瞳は美しいけれど知的で鋭く、近寄りがたさを感じさせる。肩のあたりまである白銀の髪は、風で揺れると流星のように輝く。思わず見惚《みと》れてしまいそうなほどの美丈夫だ。

正装しているからお客様の一人よね。でもお父様よりずっと若いわ。二十代くらいかしら？

「オルモード公爵閣下！」

メリッサの狼狽《うろた》えた声に、セレスティナはさらに驚いた。

公爵様？　王族に準ずる身分の方だわ。

「それは、彼女がもらった贈り物だろう？」

「え、ですが……妹はまだ幼いので……」

先程までの勢いはどこへやら、オルモード公爵の指摘に、メリッサはオロオロし始めた。

「幼い？　私の目にはどちらも幼く見える」

オルモード公爵は不愉快そうに顔をしかめた。

これだとまるでお母様が叱られているようだわ。

セレスティナはひっそりそう思う。

「大した違いなどないだろう。そのプレゼントはブランジット卿が彼女に与えたものだ。姉だから妹だから、という言い分はおかしいのでは？　むしろそういった我《わ》が儘《まま》を通せば、ねだればなんでも思い通りになると思ってしまうぞ？　教育という意味なら逆効果だ」

「それは、その……」

お母様は本当に困っているようだわ。いつもの勢いがない。

妹のジーナはというと、自分の要求が通らなかったせいか、火がついたように泣き出した。それを目にしたオルモード公爵が呆れ顔でため息をつく。

「いつもこんな風なのか？」

オルモード公爵に問われ、メリッサがさらに狼狽《うろた》えた。

「え、あ、はい。妹はまだ幼いので、どうかご容赦《ようしゃ》を」

「お母様、欲しい、欲しい、欲しいの！　お姉様ばっかりずるい！」

ジーナが地団駄を踏むと、メリッサが金切り声を上げた。

「ジ、ジーナ、黙って、黙りなさい！」

これまで妹を叱ったことなどない母親の剣幕に、セレスティナは驚いた。それはジーナも同じだったようで、一旦は泣きやんだものの、よりいっそうひどく泣き出した。メリッサが一生懸命なだめすかす中、セレスティナは今一度、オルモード公爵を見上げた。

多分、お父様より大きいわ。背が高くて、がっちりしている。顔立ちはまるで壁画の天使様のよう。白銀の髪が日の光に輝いて、とっても綺麗。でも……視線が鋭くて、天使は天使でも審判を下す天使様みたいでちょっぴり怖いかも……

「ジーナ、一体どうし……」

娘の泣き声を聞きつけ、やってきたのはセレスティナの父親、スワレイ伯爵だ。が、傍に立つオルモード公爵の姿を目にするなり、泡を食って頭を下げ出した。

「こ、これは、オルモード公爵閣下！」

冷や汗をかかんばかりである。セレスティナが二人を見比べると、やはり父親の方が一回りくらい小さかった。父親は平均的な体格だが、立派な体躯の公爵と並ぶとどうしても貧弱に見える。

「……躾《しつけ》がなっていないな」

オルモード公爵の指摘に、セレスティナは思わず身を縮めた。自分が叱られると、そう思ったのだ。ジーナが泣くと叱られるのはいつだって自分だったから。殆《ほとん》ど条件反射である。

「は、そ、その、申し訳ありません。セレスティナ、お前、一体何をやった？」

予想通り、父親の叱責がセレスティナに向かう。

「何も……」

「違う」

何もやっていないわ、そう言いかけたセレスティナの言葉を遮《さえぎ》ったのはオルモード公爵だ。

「彼女じゃない。何を見ている。妹の方だ。泣きやませろ。煩《うるさ》くてかなわない」

父親はもとより、セレスティナも驚いた。ジーナを叱る者など初めて目にしたからだ。

「できないのなら、ここから追い出せ。この場は姉の誕生日会だろう？」

もうこれは完全な叱責だった。オルモード公爵の眼差しが険しい。対応の間違いを許さない、そんな気配が感じられる。が、ジーナは泣きやまない。周囲の状況などそっちのけだ。

「おどうざばあああああああああああ！」

「ああ、分かった、分かった。あとでなんでも買ってやるから、な？」

スワレイ伯爵が娘のジーナを宥め、母親のメリッサ共々会場から追い出した。

「本当に申し訳ありません」

「あとできちんと叱っておけ。人のものを欲しがるなと」

スワレイ伯爵は「はい、はい」と言って、頭を下げている。

セレスティナは思わずぽかんと見入ってしまった。

いつもなら妹優先で、お姉さんなんだから我慢しなさいと私が叱られるのに、初めて妹の方が叱られたわ……。もしかして、オルモード公爵様のお陰？

「あ、あの！」

父親と一緒にその場を離れかけたオルモード公爵に、セレスティナは思い切って声をかけた。急ぎドレスをつまみ、淑女の礼をする。

「は、はじめまして、公爵様！　私はスワレイ伯爵が娘、セレスティナ・スワレイと申します。以後お見知りおきを」

そう挨拶すると、オルモード公爵の厳格そうな顔が、ふわっとほころんだ。吸い込まれそうな青い瞳だ。晴れ渡った空を映したような色である。

綺麗……

セレスティナはつい見入ってしまった。多分、見惚《みと》れたのだろう。すると、オルモード公爵は手袋をはめた手を胸に当て、優美な貴族の礼を返してくれた。白銀の髪がさらりと揺れる。

「私はオルモード公シリウスだ。よろしく、小さなレディ」

レディは大人の貴婦人に対する総称だ。大人の女性として扱ってもらったことが嬉しくて、セレスティナの心がぱっと華やぐ。セレスティナはその場で、父親と共に離れていくシリウス・オルモード公爵の背を長々見送った。


「お姉様ばっかり、ずるーい」

誕生日会がお開きになると、居間にやってきた妹のジーナが、さっそくセレスティナがもらったプレゼントを物色し始める。欲しいものがあれば、ねだるつもりなのだろう。

ずるいって……自分の誕生日にもらったプレゼントは全部独り占めするくせに。私の方がずるいと言いたいわ。言ったところで、お姉さんなんだから、と言われて終わりだろうけれど……

セレスティナが手を動かすと、腕にはめたブレスレットがシャランと鳴った。オルモード公シリウスからの贈り物だ。光り輝くブレスレットは、まるで星屑《ほしくず》をちりばめたよう。

青いダイヤモンドなんて初めて見たわ。とっても素敵。

「それ！　ちょうだい！」

ジーナのおねだりを耳にして、セレスティナはひやりとする。

「これは駄目よ」

セレスティナはブレスレットを背に隠す。母親のメリッサが口を開いた。

「ああ、駄目よ、ジーナ、それは駄目」

母親の言葉にセレスティナは驚いた。

いつもなら、お姉さんなんだから、そう言って取り上げられていたのに、どういう風の吹き回しかしら？

「それはオルモード公爵様がくださったものなのよ。欲しがってはいけません。もしバレたら、ああ、本当に大変なことになるわ」

なんだ、オルモード公爵様がくださったものだから止めたのね。

理由が分かって、セレスティナは幾分がっかりしたものの、すぐに気分が高揚する。彼からのプレゼントなら妹にねだられても取られないと分かったからだ。

そうだわ、お礼のお手紙を書こう。

セレスティナがシリウス宛に手紙を書くと、数日後、どういたしましてという内容の手紙が届いた。嬉しくて何度も読み返してしまう。

オルモード公爵様は、字もとっても綺麗だわ。本当に素敵な人……

「何かいいことでもあったのかい？」

ある日のこと、病気の祖母に本を読んでいると、ベッドに寝ている彼女からそんな風に問われ、セレスティナは自分が浮かれていたことを知った。

「ええ、とっても。お祖母様、ほら、見て？　こんなに素敵なブレスレットを、オルモード公爵様からいただいたのよ？　私のお誕生日会に来てくださったの」

ブレスレットを見せると、祖母のサラは顔をほころばせた。

「おや、まぁ……本当に素敵だこと。ご褒美かしらね」

「ご褒美？」

「ええ、私に本を読み聞かせてくれる優しい孫がいるという話をしたら、感心していたから、そのせいかもしれないわね」

セレスティナは目を丸くする。

オルモード公爵様は私のことをご存じだった？　それで庇ってくださったの？

優しい孫という祖母の言葉に口元が緩んでしまう。

「ねえ、お祖母様はオルモード公爵様と親しいの？」

セレスティナがそう問うと、サラが穏やかに微笑んだ。

「さあ、どうかしら。あの方は腕のいい魔工技師なのよ。お医者様みたいなものね」

「魔道具を作るの？　あ、もしかして、お祖母様の義眼も？」

祖母のサラは数年前、目の病で左目の視力を失ったが、魔道具で視力を取り戻していた。

「ええ、そうよ。セレスティナのお誕生日会の日に、メンテナンスに来てくださったの」

「ね、お祖母様。私もたくさん勉強したら魔工技師になれるかしら？」

セレスティナが期待を込めてそう問うと、サラは笑った。

「そうね、なれるかもしれないわね。あなたはとても頭がいいもの。頑張りなさい」

皺《しわ》だらけの手で頭を撫でられ、セレスティナの心がほわりと温かくなる。

よかった。やっぱりお祖母様は私の味方だわ。お母様もお父様も、勉強ができることを喜んではくださらない。女に高度な教育は必要ないと言う。でも、お祖母様は違う。書物の中に広がる素晴らしい世界の話をすると、偉いわと言って、こうして頭を撫でてくれる。

――ジェームズ、子供は平等に扱いなさい。

お祖母様は何度もお父様にそう言って、私を庇ってくれたわ。お父様がジーナと同じようにお誕生日会を開いてくれるようになったのも、お祖母様のお陰ね。ジーナと一緒に祝えばいい、前はそう言われていたもの。


この日を境に、セレスティナは魔道具に関心を持つようになった。店や他の家を訪問するたびに、魔道具に目がいってしまう。一番簡単なものは明かりで、最も複雑精緻《せいち》な魔道機器はマジックドールであろうか。魔石を動力源にして動く忠実な召使いである。裕福さの象徴でもあるから、平民でもお金持ちは率先して持ちたがる。セレスティナの家にマジックドールはいない。貧乏ではないけれど、裕福でもない伯爵家には贅沢品なのだろう。

セレスティナは王立図書館に通い詰め、魔工学に関する本をせっせと読みあさった。そうして一年も経つ頃には、魔工技師になりたい、そう切に願うようになっていた。

魔力のある十六歳の若者は、貴賤《きせん》を問わず王立魔道学院の入学試験を受けることができる。それが平等を謳《うた》う学院の方針だ。そこで魔工学を学ぶことができれば憧れの魔工技師になれる。魔工学を専攻したい、セレスティナはそう切望するも、なかなかその希望を口にすることができない。両親に言えば反対されると簡単に予想できるからだ。

王立魔道学院に通う貴族女性は、魔工学のような専門科を受講することはまずもってない。通常三年の在学期間が倍の六年になってしまうからだ。貴族女性が十六歳から六年も学院に通えば婚期を逃す可能性が高い。両親が許してくれるとは到底思えなかった。

お祖母様に相談してみよう……

あと半年ほどで自分も十六歳だ。貴族である自分は例に漏れず魔力があるので、王立魔道学院の入学試験は受けられる。だが、このままでは淑女科に放り込まれて終わりだろう。祖母は唯一自分に理解のある家族だから、両親に口添えしてくれるかもしれない。

そんな期待を胸に、セレスティナがせっせと勉学に励んでいたある日のこと、伯母のブレンダ・クラインがふらりと伯爵邸に遊びにやってきた。

「……本当にお前は陰気ね」

振る舞われた酒を手に、伯母のブレンダは読書をしているセレスティナに嫌悪の目を向ける。ブレンダは母親の姉だ。でっぷりと太っていて、お喋《しゃべ》りとお酒が大好きである。

「相変わらずちびちびで鈍くさくて嫌になる」

氷が溶け、グラスがからんと鳴った。セレスティナは伯母のきつい眼差しに身を縮める。

私が勉強をするのが気に入らないのかしら。ううん、私が嫌いなのかもしれないわ。伯母様は私を見るたびにあれこれ文句を言う。

「ジーナはこぉんなに可愛いのに、お前はどうしてそうなの？」

ブレンダは、自分にぴったりひっついているジーナの蜂蜜色の髪を撫でた。ブレンダは姪のジーナが大のお気に入りで、こうして時折やってきては小遣いを渡している。

「ああ、嫌だ。嫌だ。そもそも、女には教養なんて必要ないのよ。暇さえあれば本を読んで、本当に可愛げがないったら。女が必要以上に知識を詰め込んでどうするの。殿方に嫌がられて、忌避《きひ》されるだけだわ。行き遅れになるわよ、この穀潰《ごくつぶ》し」

行き遅れ……でも、それが不幸だとは思わないわ。仕事をする女性は増えているもの。一昔前までは貴族女性が働くなんてとんでもないと言われていたけれど、私はできるなら働きたい。シリウス様のように人に頼られるようになりたい。きっとお父様もお母様も、伯母様と同じようにお嫁に行きなさい、そう言うのだろうけれど……

「伯母様、ジーナね、ブレスレットが欲しいの」

いつものようにジーナが甘える。途端、険悪だったブレンダの顔つきが変わった。

「ああ、そうかい、そうかい。いいとも、可愛い姪のためだ。どんなのがいいかねぇ？」

「お姉様と同じのがいいわ！」

ジーナがセレスティナのブレスレットを指差したので、彼女は心底驚いた。

まだ諦めていなかったの？

そんな呆れにも似た気持ちが、セレスティナに湧き上がる。

このブレスレットはオルモード公爵様の……シリウス様からの贈り物だったから、これだけはジーナの思い通りにならず、代わりのものを散々ねだって買ってもらっていた。自慢げに見せびらかしに来たからよく覚えている。なのになんて欲張りなのかしら。

「あ、はーん。どれどれ？」

ブレンダがソファから立ち上がり、セレスティナのブレスレットを覗き込む。

「あん？　これ……もしかして本物のブルーダイヤかい？」

ブレンダが目を見張り、セレスティナはさらに身を縮める。

やっぱり高価なものだったのね。そうよ、オルモード公爵様からの贈り物だもの。彼の場合、権力だけでなく財力も凄いはず。伯母様は宝石が大好きだから、これの価値が分かるんだわ。

「多分、そうです」

セレスティナがおずおずと答えると、ブレンダがいきり立った。

「ちょっと！　これはお前のような奴が、身につけるようなものじゃないよ！　ジェームズは一体なんだってセレスティナなんかにこんな贅沢をさせたんだ？」

怒鳴られて、セレスティナはびくっと身をすくめた。

「欲しいの、ねぇ、伯母様、ジーナにも同じのを買って？　だって、みんながお姉様のブレスレットを褒めるのよ？　ジーナが持っているアクセサリーじゃ、全然敵わないの。だから、ジーナも同じのが欲しいわ。ね、お願い？」

ブレンダは困ったように視線を彷徨《さまよ》わせ、ふと思いついたように顔を輝かせた。

「そうだ、それをおよこし！　それをジーナにやればいい」

閃《ひらめ》いたとばかりにブレンダが叫び、セレスティナは仰天した。

「駄目！　これは……」

「いいからおよこし！」

セレスティナに向かってブレンダが大きな手を振り下ろした時だった。

「義姉さん！　何をしているんですか！」

パンッという音とほぼ同時に、父親であるスワレイ伯爵の声が響く。どうやらちょうど居間にやってきたところらしい。ブレンダに叩かれた頬を押さえたセレスティナの目にじわりと涙が浮かぶ。

伯母様に殴られた頬が痛い。じんじんする。

「何って、躾《しつけ》だよ、躾《しつけ》！　聞き分けの悪い奴には思い知らせてやらないと。さあ、そのブレスレットをおよこし！　本当に悪い子だ」

「いや、ちょっと待ってください、それは駄目です。オルモード公爵閣下からの贈り物だ！」

スワレイ伯爵の叫びに、ブレンダはぎょっとした。

「オルモード公爵閣下？　なんでまた？　彼と交流があるのかい？」

「ええ、私の母がね。母の義眼を彼が手がけたんです」

ブレンダの目が爛々《らんらん》と光った。舌なめずりせんばかりである。

「そりゃあ、凄いじゃないか！　紹介しておくれ！　是非とも懇意に！」

スワレイ伯爵が首を横に振った。

「悪いが、無理ですよ。彼はとんでもなく偏屈で……。その、気に入った相手としか交流しないんです。夜会や食事会に何度招待しても、頑として受け付けない。二年前のセレスティナの誕生日会は、たまたま母の義眼のメンテナンス日と重なったから来てくださっただけで……。とにかく、それに手を出しては駄目です。もし、セレスティナに贈ったものをジーナが身につけていたなんてことがバレたら、とんでもないことになる」

そこでようやく事態を理解したのか、ブレンダは引き下がった。

セレスティナはほっと胸を撫で下ろす。

シリウス様……本当に、本当に凄い人なんだわ。横暴な伯母様でさえ引き下がるほど……

ジーナの悔しそうな視線が気になったが、セレスティナは大丈夫だと自分に言い聞かせる。

部屋に戻ってからセレスティナは改めてブレスレットに目を向けた。地金はプラチナで、中央で輝く大きなブルーダイヤがひときわ美しく、そこここに小さなダイヤモンドが星屑《ほしくず》のようにあしらわれている。本当に素晴らしい逸品だった。

第二話　公爵様再び

その日、セレスティナはいつものように王立図書館を訪れていた。

分厚い魔工学の専門書に没頭していると、静まりかえった図書館内に、「これはこれは、オルモード公爵」という誰かの声が響き、セレスティナははっとした。

オルモード公爵？　もしかしてシリウス様が王立図書館にいらっしゃったの？

セレスティナが急ぎ周囲を見回すと、見覚えのある姿が目に入った。長い白銀の髪をした長身の紳士だ。白銀の髪の少女と一緒である。嬉しさと興奮でセレスティナの心臓が跳ね上がった。

間違いない、シリウス様だわ！　あ、あ、行っちゃう！

図書館員に先導され、遠ざかっていくシリウスの背をセレスティナは追いかけた。付き添いの侍女が慌てたようだけれど、気にしてなどいられない。

走るなんてはしたない、そう言われるだろうけれど許して欲しい。だってここで見失ったら、今度はいつお会いできるか分からないんだもの。ううん、この先ずっと会えなくてもおかしくない。それくらい、私とシリウス様とでは身分が違う。

セレスティナが必死で追いかけるとシリウスは途中で気が付いたようで、足を止めた。同じように制服を着た図書館員も立ち止まる。こちらは怪訝《けげん》そうな目だ。

「こ、こんにちは！　オルモード公爵様！　私はスワレイ伯爵の娘、セレスティナ・スワレイです。覚えていらっしゃいますか？」

セレスティナは息を整えつつ、ドレスをつまんで膝を曲げ、急ぎ挨拶をする。

シリウスとは二年前の誕生日会で一度会ったきりだ。

セレスティナは少々不安だったが、シリウスが微笑んでくれたので、ほっと胸を撫で下ろした。

片眼鏡をかけた端整な顔は相変わらず魅力的で、セレスティナの心臓が早鐘を打つ。

やっぱり、シリウス様は天使様みたいで素敵だわ。将来結婚するなら、シリウス様みたいな人がいい。

ふっとセレスティナはそんなことを考え、つい、顔が熱くなった。

シリウスが帽子をほんの少し上げ、挨拶を返した。

「ああ、もちろん覚えているとも、小さなレディ。元気そうで何よりだ。そうそう、もう一度君の誕生日会に行こうと思っていたのだが……招待してもらえず残念だ」

シリウスにそう言われ、セレスティナは心底驚いた。

招待状は送ったはずだけれど、届いていなかったということかしら？

——期待しちゃって馬鹿みたい。私の誕生日会にだって来てくれないんだもの。あんな素敵な公爵様が、陰気で地味なお姉様の誕生日会になんか来るわけないじゃない。

そんなジーナの暴言がふっと蘇《よみがえ》る。

あの時はそれで納得したのだけれど……。そういえば、断りの返事がなかったわ、礼儀正しい方なのに。やっぱり招待状が届いていなかったということかしら？　そんな……

「君の妹君の誕生日会にはしつこいくらい誘われたが……勉強か？」

「は、はい！　魔工学の勉強をしています！」

我に返ったセレスティナは慌てて答える。あなたのような魔工技師になりたくて、という言葉は恥ずかしくて呑み込んだ。

「ほう？」

シリウスはセレスティナが手にしていた分厚い専門書を手に取った。パラパラとめくり、途中からふっと彼の顔つきが変わる。ページを繰《く》る手がどんどん速くなっていく。

「……この内容を理解できる？」

シリウスにそう問われ、セレスティナはこくんと頷いた。シリウスの顔は真剣すぎて、少し怖いくらいである。

「物体の体積を変えず、内容積を拡大できる魔工式を論理展開できるか？」

シリウスから魔工学に関する質問をされ、セレスティナの顔がぱっと輝く。

「は、はい！　できます！　まずは魔力変換の方程式から入りますね！」

それは高度な魔工理論であった。プロの魔工技師でさえ理解できる者はほんの僅《わず》かである。とはいえ、既に完成している魔工式を丸写しすれば術は発動するので、技術としては出回っているが。

そう、シリウスが求めたのはマジックバッグの原理である。この原理を利用すると、入れ物の大きさ以上の物を収納することができるので非常に便利だ。そうとは知らず、シリウスと話ができる

ことが嬉しくてセレスティナは張り切った。すらすらと正解を口にするセレスティナを見て、シリウスの青い瞳が爛々《らんらん》と輝く。素晴らしい、そう言いたげに。

「あなた……王立魔道学院の生徒なの？」

途中で口を挟んだのは、セレスティナと同じくらいの年の女の子だった。切れ長の琥珀色《こはくいろ》の瞳が神秘的で、思わず見惚《みと》れてしまいそうなほど綺麗な少女である。

シリウス様に似ている？

セレスティナはそう思った。瞳の色は違うけれど、見事な白銀の髪と顔立ちがよく似ている。

「あ、いえ、まだ入学前で……」

「えぇ!?　それでそんなに魔工学に詳しいの？　凄いわ。勉強が好きなのね？　わたくしは駄目だわ。勉強よりも体を動かす方が好きだもの。本だらけの父の書斎なんて頭痛がしそうよ」

父って……え？　じゃ、じゃあ……

「挨拶は？」

シリウスが少女を促《うなが》す。

「あ、あら、そうね、ごめんなさい。わたくしはオルモード公爵が娘、シャーロット・オルモードよ、よろしくね。あなたの名前はセレスティナだったかしら？」

シリウス様の娘！　どうりで似ているわけだわ！

驚きつつもセレスティナはドレスをつまみ、淑女の礼をした。

「は、はい！　私はスワレイ伯爵が娘、セレスティナ・スワレイと申します」

「ふふ、なら愛称はティナね、よろしく」

そう言って、シャーロットは手を差し出した。セレスティナは差し出された公爵令嬢の手をおずおずと握り返す。

とっても綺麗な女の子だわ。笑った顔がシリウス様によく似ている。緩くウェーブした白銀の輝く髪と凛《りん》とした顔立ち、ほっそりとした肢体が儚《はかな》げな妖精のよう。素敵だわ……

セレスティナが見惚《みと》れていると、シャーロットが再びふわりと笑った。

「ね、パパ、ティナと少し遊んできてもいいかしら？　パパはこれから図書館長と魔工学の論議でしょう？　大人同士の会話なんて退屈だもの」

「……迷惑にならないようにしなさい」

シリウスはそう答え、セレスティナに本を返した。

「はあい、分かっているわ。ね、ティナ、行きましょう」

シャーロットがセレスティナを連れて歩き出そうとしたところで、シリウスに呼び止められる。

「一度君をテストしたい」

片眼鏡をかけた青い瞳がセレスティナを見据えた。怖いくらい真剣である。

「魔力量と知能、それと、そう……君が今まで学んだ魔工学に関するテストだ。君のご両親に話を通しておく。近日中に必ず行くので、心しておくように」

「あ、はい……」

もしかしてシリウス様がスワレイ伯爵邸にいらっしゃるの？　そう思うと心が躍《おど》る。

「ね、あなたの年は幾つ？」

歩きながらシャーロットにそう問われて、セレスティナは素直に答えた。

「十五歳です」

「なら、わたくしがお姉さんね。わたくしは十六歳なの。うふふ、楽しいわ」

楽しい？

シャーロットの嬉しそうな顔を見て、セレスティナは困惑する。

「……お姉さんなんて、面白くありません」

気が付くとセレスティナはそう言っていた。お姉さんになんてなりたくなかった、それが本音である。

「あら、どうして？」

「お姉さんだから我慢しなさいと、そう言われてしまいますから」

シャーロットはセレスティナの幼少からの体験を聞き、顔を曇らせた。

「それはおかしいわ。妹ならなんでも許されるって変よ。あなたが妹さんと同じ年の時はどうだったの？　幾つになってもお姉さんなんだから我慢しなさいと言われて、妹さんの方は同じ年になっても叱られないんでしょう？　不公平よ」

不公平……そっか、そうよね。

「父もきっとそう思ったのね。だからあなたのご両親を叱ったんだわ」

二年前の誕生日会での出来事を話されて、セレスティナは驚いた。あの時は、妹びいきの両親の行動をシリウスがたしなめてくれたのだ。

「公爵様からお聞きになったんですか？」

「ええ、そうよ？　だってあなた、父にお礼の手紙を書いたでしょう？　素敵なアクセサリーをどうもありがとうございますって。それで、どんな方なのか気になって聞いたの。そうしたら、わたくしと同じくらいの年頃の女の子だって分かって、なあんだってなったけれど。あなたのお誕生日会なのに、妹の方が主役に見えておかしかったって聞かされたわ。よっぽど目に余ったのね。父に叱られて、あなたのご両親は縮み上がったんじゃないかしら。父が怒ると誰も太刀打ちできないの。陛下でさえ父にはやり込められるのよ？　信じられる？」

シャーロットが楽しそうに笑う。セレスティナは、両親がパーティー会場でおろおろしていた様子を思い出し、納得してしまった。シリウス様なら陛下が相手でもやりかねない、そう思ったのだ。

「ね、お姉さんが嫌なら、ここにいる間だけでもいいわ、わたくしの妹になってみない？」

シャーロットの提案に、セレスティナはきょとんとなる。

「わたくし、あなたみたいな妹が欲しかったの。思いっきり甘えて欲しいわ。お勉強が好きな妹っていいわよね。で、そういう頭のいい妹に、お姉様お姉様って慕われるのって、もう、最高！　ああ、いいわあ！」

シャーロットの頬が興奮で薔薇色になっている。

本当に綺麗……ちょっと変わっている気もするけれど。

「あ、そうだわ！　姉なら妹を可愛がらなくちゃね！　これ、あげるわ。お揃いよ」

シャーロットは自分の髪につけていたリボンを片方解き、セレスティナの栗色の髪をそれで飾った。リボンがふわりと揺れるたびにキラキラと輝いて美しい。セレスティナは見入ってしまう。

素材は何かしら？　とっても素敵だわ。

「ね、お願いがあるの。お姉様って呼んで？　シャルでもいいわ」

きゅうっとシャーロットに手を握られ、セレスティナは困ってしまった。

公爵令嬢を愛称呼び……かなり抵抗があるわ。だったら、お姉様の方がまだましかしら？

ぐるぐる思考が回ってしまう。

「はい、シャルよ！　呼んでみて！」

「は、はい！　シャルお姉様！」

びしいっと指を差されたセレスティナは反射的にそう答えてしまい、固まった。やらかした感が半端ない。どう反応したらいいのか分からず、セレスティナが動きを止めていると、シャーロットの顔がぱあっと明るくなった。まさしく破顔である。

「シャルお姉様！　あああ！　素敵！　最高！　嬉しいわぁ！」

ぎゅうっと抱きしめられてしまう。

シャーロット様はまったく人見知りしない人なんだわ。気恥ずかしいけど、気持ちがほんわかしてしまう。ここまでされたこと、お母様にも、ない……。そうよ、いつだって距離があるもの。

セレスティナはふっと、ジーナとの差に気が付いてしまう。

ジーナはいつだって頭を撫でられて、両親に抱きしめられていたわ。でも、私は？　お姉さんだから……そんな一言で片付けられてきた気がする。お姉さんだから、抱きしめてももらえない？　なにか変よ……

　悲しみは深まるばかりだ。

「甘いものは好き？」

　セレスティナがこくんと頷くと、シャーロットは上機嫌でセレスティナの手を引いて歩き出す。

「こ、これは、シャーロット様！」

　セレスティナが連れていかれたのは王立図書館内に設置されたカフェだった。店の制服を着た老齢の男性が、シャーロットに平身低頭している。顔見知りらしい。

「席はある？」

「もちろんございますとも。ご案内致します」

　案内されたのは美しい庭園が見渡せる個室である。付き添いの侍女は壁際で待機だ。

「ティナは凄いわ」

　注文した甘味が運ばれてくると、シャーロットが身を乗り出した。色鮮やかな苺のパフェはまるで可愛らしい装飾品のよう。セレスティナがきょとんとすると、シャーロットは焦《じ》れたように続けた。

「ああ、もう。ほら！　あの本よ！　あの本！　とっても難しそうなあれ！　ティナはあれを理解していたんでしょう？　父の質問にきちんと答えていたじゃない。もの凄く格好よかったわよ。うふふ、父に気に入られたわね」

セレスティナは目を丸くする。シャーロットがたたみかけるように言った。

「父は優秀な人材と見ると、がっちり捕まえて離さないの。たとえそれが平民でもね。きっと、がんがんアプローチをかけてくるわよ？　多分、王立魔道学院の魔工学科へ進むための案内書が送られてくるんじゃないかしら。どうする、ティナ？」

「行きたいです！」

魔工学科と聞き、セレスティナは目を輝かせる。

ただ、両親が賛成してくれるとは思えないけれど……

「魔工学科に進むための試験、とっても難しいらしいけど、頑張って」

「シャーロット様の希望は？」

「シャルお姉様よ」

拗《す》ねたようにシャーロットが口をとがらせる。

「ねぇ、ティナ？　お願いだから、もう少し肩の力を抜いて欲しいわ。妹らしくないもの。もっとざっくばらんにね？　――わたくしはああいったものはてんで駄目。ドラゴンライダー希望よ」

セレスティナは目を丸くする。ドラゴンライダーを希望する女性は珍しい。

「シャルお姉様はドラゴンが好きなの？」

「あら、亜竜をドラゴンなんて言っては駄目よ。混同するとドラゴンに怒られるわよ？」

シャーロットがくすくすと笑う。そう、人が使役するのはあくまで亜竜だ。便宜上ドラゴンと称しているけれど。ドラゴンとは似て非なるもので、地を駆ける地竜、空を飛ぶ翼竜がそれにあたる。

そして、知性ある本物のドラゴンは誇り高くて、人の支配を受け付けない。ドラゴンと亜竜は、人と猿ほどにも違う。まったく別物と言っていい。シャーロットが言ったように、もしドラゴンを亜竜と同じように馬扱いしようものなら、彼らは怒り狂うだろう。

「ほら、見て？」

シャーロットが目を閉じ、再び開けると、そこにあったのは爬虫類《はちゅうるい》を思わせる竜眼だ。セレスティナは驚き、目を見張った。

これは……

「そう、分かる？　わたくしは半竜なの」

シャーロットがこともなげに言う。セレスティナは二の句が継げない。

そうだわ、ドラゴンは人型にもなれる。人間と子を生《な》すことも理論上は可能だとか。ということは……

セレスティナはこくりと唾を呑む。

「もしかして、オルモード公爵様は……ドラゴンなの？」

セレスティナの疑問をシャーロットは笑って否定した。

「あら、違うわ。父は普通の人間よ？　いえ、普通かどうかは分からないわね。父はやることなすこと突拍子もないんですもの」

くすくすとシャーロットが悪戯《いたずら》っぽく笑う。

「この間なんて、気に食わない政敵の家を爆破したのよ？　見事にぺっしゃんこ」

ええぇ!?

シャーロットの言葉に、セレスティナは目を剥《む》いた。

「もちろん、自分の仕業だって分からないようにやったの。父はね、そういった隠蔽《いんぺい》工作がとーってても得意なのよ。で、ね？　証拠なんか残っていないから、文句も言えないってやつ。しかも、あれよ、あれ！　新築の邸《やしき》がぺっちゃんこになって、茫然自失《ぼうぜんじしつ》の本人の目の前でよ？　父ったら、水の汲み上げすぎはよくないなって、いけしゃーしゃーと言い切ったのよ！」

シャーロットが笑い転げた。

「温泉が出たって喜んでたの知っていたくせに、あれ、わざとよ、わざと！　その時のあいつの顔ったら！　あはははははは！　地盤沈下で邸《やしき》が沈んだって父に言い切られて、何も言えなかったみたい！　うふふふふふふ」

セレスティナは心底困った。笑っていいものか悩む。凄く悩んでしまう。

シリウス様はもの凄く真面目な常識人に見えるのに、実は違うってことかしら？　もしかして常識外？　破天荒なの？

シャーロットはひとしきり笑ったあと、ピタリと笑いを収め、ふっと真顔になる。

「で、もう分かったと思うけど、わたくしの母がドラゴンなの。どう？　怖くなった？」

シャーロットにそう問われ、セレスティナは首を捻った。

「どうして？」

「わたくしが半竜だからよ。わたくしはね、規格外の魔力を持った父と、炎の精霊と言われるドラゴンとの子供なのよ？　どう？　わたくしが持つ力を想像できない？」

「……亜竜達がシャルお姉様にぺこぺこしている姿が思い浮かぶわ」

そう、亜竜達が整列して、頭を下げている光景が脳裏に浮かぶ。

セレスティナがそう言うとシャーロットは目を丸くし、次いで爆笑した。淑女らしからぬ笑い方で、セレスティナはぽかんとしてしまう。

「あ、ははははははは！　それ、いい！　いいわぁ！　やらせてみようかしら！」

ひとしきり笑い終わったあと、シャーロットは再び笑いを収め、至極真面目な顔を作る。

「ね、ティナ。もう一回シャルお姉様って言って？」

「シャルお姉様？」

セレスティナが再びそう言うと、シャーロットが嬉しそうに笑う。

「ええ、ありがとう」

シャーロットのそれは、やけに大人びた表情である。

急にどうしたのかしら？

セレスティナが不思議がっている間に、シャーロットは目を伏せる。再び上げた時には、彼女の瞳は元に戻っていた。

「昨日はね、わたくしの誕生日だったの」

シャーロットの言葉でセレスティナははたと気が付く。

そういえば、私もあと三ヶ月で十六歳の誕生日を迎えるわ。なら、お姉さんじゃなくて、シャルお姉様は私と同い年ね。王立魔道学院に入れば同学年だわ。

「だからね、お空のお星様におねだりしたのよ。わたくしに可愛い妹をちょうだいって」

シャーロットがにっこりと笑った。

「願いが叶ったわ」

本当に嬉しそうで、それはそれは綺麗な笑顔だった。

そのあとは他愛ないおしゃべりに花を咲かせ、帰途についたのは夕暮れ時である。迎えに来たシリウスと共に帰っていくシャーロットを見送ったあと、王立図書館で本を数冊借りたセレスティナは、幸せな気持ちで家路につくも、伯爵邸に帰るなり現実に引き戻された。

「すっごく綺麗なリボン！　ね、それ、ジーナにちょうだい！」

邸《やしき》に帰った途端、ジーナのおねだりが始まったのだ。まさか、もらったリボンに目をつけられるとは思っていなかったので、セレスティナは唖然《あぜん》とした。

確かにとっても綺麗だけれど……。ジーナが私のものを欲しがる癖は一向に直らない。本当に、どうにかして欲しい。

「駄目よ、これは……」

「ああ、セレスティナ、それくらいあげなさい。お姉さんでしょう？」

母親に諭《さと》され、セレスティナの目がきりりとつり上がる。

また、お姉さん！　嫌よ！　これは単なるリボンじゃない。心がこもった贈り物だわ。世界にたった一つしかないのよ！

「駄目！　これはシャーロット様からいただいたものなのよ！　シリウス様の！　オルモード公爵様のご令嬢からの贈り物なんだからぁ！」

そう叫び、後ろも見ずに駆け出した。

お母様なんて嫌い！　ジーナなんて大っ嫌い！

部屋に閉じこもって泣いていると、父親のスワレイ伯爵が怒鳴り込んできた。

「一体何をしたんだ!?　セレスティナ！」

父親は鬼のような形相だ。

「ジーナが泣きやまない。まったく……どうしてお前はそうなんだ！　もっと妹に優しくできないのか！　問題ばかり起こしおって！」

叱られて、セレスティナは身を縮めた。

「だって……」

「言い訳はいい。とにかく！　これ以上問題を起こさないでくれ！」

そう告げ、スワレイ伯爵は荒々しく部屋から出ていった。

どうしてこうなるのかしら……

セレスティナは父親が消えた扉をじっと見つめた。

私とジーナとどう違うの？　私はジーナと同じ、お父様とお母様の子供なのに……。どうして？

私がお姉さんだから？

——姉なら妹を可愛がらなくちゃね！

シャーロット様は、なんのてらいもなくそう言ったわ。私が優しくないの？　悪い子なの？　だから叱られるの？　シャーロット様みたいに、私も優しくなれたらいいのに……。私はジーナに優しくなんてなれない。

涙が次々と溢《あふ》れて、セレスティナの頬を滑り落ちた。


翌日の気分は最悪だった。ベッド脇の鏡を見ると、案の定、目が腫《は》れぼったい。泣いたと丸分かりだった。髪は寝起きなので当然ボサボサで、まるで幽霊のよう。セレスティナがネグリジェ姿のままじっと鏡に見入っていると、世話役の侍女が遠慮がちに声をかけてきた。

「お嬢様、あの、こちらをどうぞ」

「ありがとう」

気を遣って冷たいタオルを用意してくれたらしい。目にあてると気持ちいい。

侍女に着替えを手伝ってもらい、セレスティナが身支度を調《ととの》えていると、ノックもそこそこに、スワレイ伯爵が部屋に駆け込んできた。

「セレスティナ！　支度を！　支度をしなさい！」

何かしら？　興奮している？　嬉しいことでもあったのかしら？

セレスティナが首を傾げると、スワレイ伯爵が叫んだ。

「オルモード公爵閣下がいらっしゃる！」

セレスティナはびっくりした。

昨日の今日で？　近日中――確かにシリウス様はそうおっしゃっていたけれど……

急ぎ髪を整えてもらい、邸《やしき》の玄関ホールまで行くと、スワレイ伯爵が言った。

「粗相のないようにな」

まるで聞き分けの悪い子供に言い聞かせるような物言いに、いたたまれなくなる。問題を起こすな、そう言われたようで、セレスティナの気分はさらに落ち込んだ。「はい」と小さく答えるも、心は曇天《どんてん》だった。

せっかくシリウス様がいらっしゃるというのに、鉛《なまり》を呑み込んだかのよう。

――これ以上問題を起こさないでくれ！

昨夜の父親の叱責を思い出し、ずっしりと心が重くなる。

粗相のないように……そうよ、ちゃんとしないとシリウス様に笑われちゃう。

セレスティナはしゃんっと背筋を伸ばす。

シリウスが到着すると、待ち構えていた者達全員が度肝を抜かれた。ざわっと場が揺れる。なにせ、シリウスが乗ってきたのは自動馬車だったのだ。

自動馬車は魔石で動くカラクリ馬が牽《ひ》くので、御者を必要としない。命令一つで目的地へ向かってくれる。シリウス自身が一流の魔工技師だから、普段からこういったものに囲まれているのだろう。ブルルと本物そっくりに鼻を鳴らすカラクリ馬は、人工物ならではの美しさがある。

もしかして、マジックドールもお持ちなのかしら？

セレスティナは公爵邸で忙しく立ち働くマジックドールの様子を思い浮かべた。オルモード公爵邸はきっと素晴らしい魔道具で溢《あふ》れているに違いない。

シリウス・オルモード公爵が馬車の中から姿を見せると、その場に緊張が走った。輝く白銀の髪に、濃紺色の貴族服を身につけたシリウスの姿は遠目でも目立つ。

壁画の中の天使様みたい。綺麗……

セレスティナはぼんやりとそう思った。

「ようこそいらっしゃいました、オルモード公爵閣下」

スワレイ伯爵が愛想よく出迎え、セレスティナもまたドレスをつまみ、淑女の礼をする。

「こんにちは、オルモード公爵様。ようこそ」

見上げると、片眼鏡をかけた青い瞳がセレスティナを見下ろしていた。どこか怪訝《けげん》そうだ。

「……どうした？」

手袋をはめたシリウスの大きな手が、セレスティナの頬に伸びた。

「あの？」

「泣いた跡がある」

「あ、あの、これは、その……」

セレスティナは慌てた。随分と目が腫《は》れていたことを思い出す。急ぎ取り繕《つくろ》い、大丈夫です、そう言って笑おうとして失敗した。声が震えそうで、言葉にできなかったのだ。セレスティナはぐっと唇を噛みしめ、込み上げてくるものを抑え込む。

どうして？

そんな叫びにも似た思いが湧き上がるが、泣いちゃ駄目、泣いちゃ駄目よ、とセレスティナは自分に言い聞かせる。

こんなところで泣いたら、また叱られるわ。

理性がそう訴えるのに、感情の波は収まってくれない。自分を見下ろす青い瞳は包み込むよう。シリウスの片眼鏡をかけた端整な顔は厳格そうで、一見近寄りがたく見えるのに温かい。悔しい、悲しい……そんな気持ちがどっと押し寄せてきて、一つ二つと涙がこぼれたら、もう止まらない。

「ひ……ふ……うわあああああああん！」

人前で泣いたことなんてなかった。でも、どうしても止まらない。

いい子にしなさい、お姉さんなんだから。そう言われてずっとずっと我慢してきたのに、なんで？　どうして？　ちゃんと頑張ったもの！　ダンスも刺繍《ししゅう》も一生懸命学んだわ。ジーナみたいにサボったことなんて一度もない。なのにどうして叱られるの？　どうして、どうして、どうして？

「セ、セレスティナ！　一体……ああ、もう、なんて子だ！　みっともない真似はよしなさい！お前はどうしてこう……」

父親の叱責の声が途切れたと思ったら、ふわりと誰かに抱きしめられる。

爽やかなミントの香り……これ、この香り、もしかして、シリウス様？

「公爵さ……」

「しー……」

宥めるように耳元でそう言われて、セレスティナは口を閉じた。髪を撫でられ、まるで幼子のようにあやされる。

ほんの少し恥ずかしい。もう赤ちゃんじゃないのに……

でも、妙に安心してしまうのは何故なのか。逞《たくま》しくて大きな胸は、想像以上に温かかった。

「泣きたいなら泣きなさい。誰も咎《とが》めない」

耳元でそう囁かれて、いけないいと思いつつも甘えてしまった。すがりついたまま散々泣き……ようやく落ち着いたのは大分経ってから。

シリウスに連れられて一緒に客間に移動すると、侍女が温かい紅茶を淹《い》れてくれた。飲むように促《うなが》され、セレスティナはそれをそっと口にする。

美味しい……

「落ち着いたかね？」

「は、はい、申し訳ありませんでした」

今更だけれど、目一杯甘えたことが恥ずかしい。

「何があった？」

シリウスに問われて、セレスティナは言葉に詰まった。妹にリボンを譲ることができず、両親に叱られたから……言葉にするとなんだか幼稚で恥ずかしい。なんだ、そんなことか、と言われそうで、どうしても躊躇《ちゅうちょ》してしまう。セレスティナが口ごもると、シリウスが先んじた。

「……言いたくないのなら、無理をしなくていい」

「は、はい……」

言いたくないというより、シリウス様に呆れられたくないだけ。反応が怖い。

セレスティナが下を向いていると、シリウスが呟いた。

「さて、テストをどうするか……」

そう言われ、セレスティナは慌てた。

「あ、あの！　大丈夫です！　具合が悪いわけではありませんから！　やります！」

「いや、今日はやめておこう。無理をさせたくない」

「そんな、あの、本当に大丈夫です！」

セレスティナはそう言い切るも、シリウスは動かない。ゆったりとソファに腰かけたまま、胸ポケットから取り出した懐中時計のようなものをずっと操作している。そう、ようなもの、だ。形は似ているがガラス面に時計の文字盤はなく、様々な図形や記号が浮かび上がっては消えていく。ではなんの魔道具かと問われても、セレスティナには分からなかった。こんな魔道具は見たことがない。彼の手の動きに反応しているようで、時折チカチカとガラス面が光っている。

一体何をしているのかしら？

物珍しさからつい、じっと見入ってしまう。

「君を別荘に招待しよう」

シリウスが魔道具から目を離さずにそう告げた。

「今、手配をした。テストはもう少し落ち着いてからでいい。君の両親には事後承諾になるが構わんだろう。必要なものはこちらで用意する。さ、行こうか」

シリウスが立ち上がる。どうやらあの魔道具は、懐中時計型の指令機だったようだ。

「で、でも、あの……」

「泣いている子供を叱りつけるものじゃない」

シリウスの片眼鏡をかけた青い瞳と目が合い、セレスティナは狼狽《うろた》えた。

もしかして、怒っていらっしゃる？

彼の表情はあまり変わらないのに、どうしてかそんな風に見える。

「我《わ》が儘《まま》を言ったのならともかく……二年前の君の誕生日会の時もそうだったが、どうも君の両親の対応のまずさが鼻につくというか、見ているこっちがイライラする」

イライラ……お父様とお母様に？　私じゃなくて？

「シラミに好かれたとしても、まぁ、自業自得だな」

シリウスがぼそりと言う。

シラミに好かれる？

セレスティナは不思議に思ったが、シリウスの視線は再び手元の魔道具に向き、ピッピッと操作を続ける。

「そう、これから君の両親の頭に湧く予定のシラミは、目標を特定できるタイプのもので、指定先にとことん食らいつく。かゆみも凄まじい。薬剤に対する耐久性が高く、完全に駆除するにはふた月は優にかかるから、その間は私の別荘にいなさい。君はあんなものは見なくていい。ああ、私はもちろん見学させてもらうが」

シリウスが大真面目に言った。

両親の頭に湧く予定……予定？

意味が分からず、セレスティナは首を捻ってしまう。

「さ、行こうか」

懐中時計型指令機を胸ポケットにしまうと、用は済んだとばかりにシリウスに背を押され、セレスティナは一緒に歩き出す。

い、いいのかしら？

どうしても戸惑いを隠せない。

「オルモード公爵閣下、も、もう帰られるのですか？」

スワレイ伯爵が慌てたようにあとを追ってきたが、シリウスの対応はそっけない。

「ああ、急用を思い出した。セレスティナを借りるぞ？　詳細はあとで知らせる」

身につけたロングコートと長い白銀の髪がふわりと風に翻《ひるがえ》る。

挨拶もそこそこに、シリウスはセレスティナを自動馬車に乗せ、自分も乗ろうとしたが、途中でふっと振り返った。

「ああ、スワレイ伯爵」

シリウスに呼びかけられ、スワレイ伯爵の背がしゃんっと伸びる。

「は、はい！」

「子供は大切に扱え」

唐突にそう言われ、スワレイ伯爵は目を白黒させた。

「え？　は、はぁ……」

「でないと、第二第三の天誅が下るぞ？　いいな？」

そう告げ、シリウスは馬車に乗り込んだ。馬車の内装にセレスティナは目を見張る。

凄いわ。ふっかふかのクッションに体が沈みそう。

「ティナ、また会えて嬉しいわ！」

途中で馬車が停車する。扉を開けて入ってきたのはシャーロットだ。

「お星様は偉大ね！　追加の願いがもう叶ったわ！」

飛びつくように抱きしめられる。興奮しているのか、シャーロットの頬が赤い。

「ティナとずっと一緒にいたいってお願いしたの！　そうしたら一緒に別荘へ行けるなんて、最高だわ！　もう、感激よ！　うふふ、たくさん遊びましょうね？」

「へえ、お前がセレスティナ？」

今度は赤毛の少年が馬車に乗り込んできた。シャーロットと同じ琥珀色《こはくいろ》の瞳で、整った顔立ちは中性的だが精悍《せいかん》だ。セレスティナは目を見張った。

もの凄く格好いいわ。まるでお伽話《とぎばなし》の王子様のよう。

じろじろ値踏みされるように見つめられて、セレスティナは居心地が悪くなる。

「俺はイザーク・オルモードだ。シャルの双子の兄だよ、よろしくな？」

イザークがにっと笑ってくれたので、セレスティナはほっと胸を撫で下ろす。

よかった、嫌われてはいないみたい。シャーロット様もそうだけれど、イザーク様も随分と気さくなのね。気取った感じがまるでないわ。

馬車が、再びがたんと動き出す。

セレスティナの前には堂々たる体躯のシリウスがいて、隣にはシャーロットがいる。斜め向かいにはイザークだ。改めて見ると、もの凄い美形家族だとセレスティナは思う。

シリウス様は光り輝く天使様のようで、シャーロット様は儚《はかな》げな妖精みたい。イザーク様はお伽《とぎ》話《ばなし》の王子様みたいに格好いい。女の子にもの凄くモテそう。

ちらりと視線を向けると、シリウスに微笑まれた気がして、セレスティナは慌てて下を向く。

やっぱり、やっぱりシリウス様は素敵だわ。どきどきする。

「お前、魔工学に興味があるんだってな？」

イザークがそう口にする。

「ええ、はい」

「ふうん？　頭、いーんだな？　父の質問にきっちり答えたんだろ？　ほんっと、すげーよ。俺はあーいうの、全然駄目。シャルも俺も、どっちも頭脳は父に似なかった」

シャーロットがぷくうっと頬を膨らませた。

「どっちもってどういう意味よ。わたくしはお兄様ほど馬鹿じゃないわ」

イザークが肩をすくめた。

「似たようなもんだろ？　どんぐりの背比べだって言われるだけだ。二十点と三十点じゃーな。あ、そーだ、父上！　肝心のテストの結果どうだった？　やっぱ天才？」

天才？　そんな風に言われてセレスティナはびっくりする。

誇張が過ぎるわ。

「……テストは中止だ」

シリウスが憮然《ぶぜん》と答える。イザークは驚いた顔で身を乗り出した。

「えええ？　なんで？　だ、だって、父上、もの凄く楽しみにしていたじゃないか！　金の卵を見つけたって、浮かれまくってた！　組んでた予定を全部蹴ってまで、無理くり今回の予定をねじ込んだだろ？　なのに、なんで！」

「……ティナの調子が悪いのだから、しょうがないだろう」

シリウスが不機嫌そうに吐き捨てた。セレスティナはそわそわと落ち着かない。

ティナ……シリウス様に愛称呼びされた。シャーロット様の影響かしら？　なんだかくすぐったい。

「……父上、もしかして、その……何か怒ってるか？」

そろりとイザークが問う。

「別に？」

ふいっとシリウスがそっぽを向く。まるで拗《す》ねた子供のよう。

「いーや、それ、絶対怒ってる。何年一緒にいると思ってんだよ？　十六年だ、十六年。息子を舐めんな。で、何やらかした？」

「……吹っ飛ばしてはいない」

シリウスの返答にイザークが目を剥《む》いた。

「それレベルの怒り!?　あー、ほんと何があったんだよ？」

「あのう？」

セレスティナが割って入ると、イザークが肩をすくめた。

「ああ、父を怒らせると、本当、おっかねーぞ？　絶対、やめた方がいい。見た目は普通の常識人だけど、全然違うからな？　やることなすことぶっ飛んでるっていうか……寛容なように見えて心すっげー狭いし、えげつねーこと平気でやる。俺達だって、なぁ？」

イザークが問うような視線を向けると、シャーロットが頷く。

「ええ、そうよね。迂闊《うかつ》に喧嘩なんかすると、喧嘩両成敗ってやられるから、慌てて仲直りしたふりをしなくちゃならなくなるのよねー」

「そうそう！　で、お前はにこにこ笑いながら、握手した俺の手を握り潰そうとするんだよなー」

「お兄様もやり返すじゃない」

二人が喧嘩をすると、どうやら握力勝負になるらしい。

「妹なんだから、もっと謙虚になれよ！」

「兄なら妹を労《いたわ》りなさいよ！」

睨み合うイザークとシャーロットの二人を見て、セレスティナは笑ってしまった。

「仲いいのね？」

セレスティナがそう言うと、「仲良くなんかないわ」「ないね！」なんて答えが同時に返ってくるけれど、セレスティナにはやはり仲がよく見えてしまう。羨《うらや》ましい、そう思った。

私とジーナは多分、仲はよくない。仲良くするようにと言いつけられているから、そうしているだけで……。ジーナの方は、もしかしたら私と仲良くしたいと思っているのかもしれない。でも、私は……ジーナが好きじゃない。お父様もお母様も、私よりもジーナを可愛がるから。お姉さんだからって我慢させられるから。いつだって妹のジーナ優先なんだもの。

どんなに頑張っていい子になっても、私はジーナとは違うって思い知らされる。妹みたいに可愛くなんてなれない。あんな風に甘えられない。

どろどろとしたよくない感情が湧き起こって、つい鬱々《うつうつ》とした気持ちになってしまう。

「だからね！　こーんなに可愛い妹ができてわたくし、嬉しいわ！」

シャーロットに抱きしめられて、セレスティナははっとなった。

「妹って……ばーか、同い年だろ？」

イザークがそう言うと、シャーロットが、ベーっと舌を出した。

「たとえ三ケ月でもお姉さんですぅ。なによう、ほんのちょっとの差で兄貴面してるくせにぃ！」

「双子なんだから、しょーがないだろーが！」

「だったら弟になりなさいよ！　そんでもって、弟のくせに生意気って言ってやるぅ！　妹のくせにって言葉、ほんっと大っ嫌い！　あ、そうだ。ティナもあとちょっとで十六歳の誕生日よね？　贈り物、何がいい？」

シャーロットが嬉々としてそう言い、セレスティナは思案する。

贈り物……

「魔工学の本、かしら……」

セレスティナがおずおずと言うと、シャーロットが不満げに口をとがらせる。

「えー！　こんな時までお勉強？　うーん、ティナらしいけどさぁ、もっとこう……」

「魔工学の本なら私が贈ろう」

シリウスが口を挟み、セレスティナは驚いた。

え、でも……

「他のものにしなさい」

穏やかだけれど、有無を言わさない口調だ。逆らってはいけない、そんな気にさせられるが、おねだりなんてしたことがなくて、セレスティナがまごつくと、シャーロットが身を乗り出した。

「そうだ！　ドレスなんてどう？　そーね、ティナの瞳の色に合わせた新緑色のドレスがいいわ。今流行《はやり》のデザイナーに頼んで仕立てましょう」

「私、地味だからあんまり派手なのは……」

気後《きおく》れしたセレスティナが口ごもると、シャーロットがぽかんと口を開けた。そう、華やかな色のドレスなんて似合わないと散々言われてきた。だから、ドレスはいつだって暗い色である。

「地味ぃ？　誰がそんなこと言ったの！」

「その、伯母が……」

ブレンダ伯母様は伯爵邸に遊びに来るたびにそう言っていた。ジーナと私を見比べて、地味で冴えない子、と……。殆《ほとん》ど口癖のように。

落ち込むセレスティナに、シャーロットが憤慨する。

「うっわ、何それ！　腹立つわ！　ティナのは地味じゃなくて、清楚っていうのよ！　ね、ほら、とっても素敵な新緑色の瞳なのに！　お兄様もそう思うでしょ？」

「あー、そうだな。うん、そうかも」

「何よ、その気のない返事！」

シャーロットがイザークの赤毛を鷲掴《わしづか》みにする。

「いて！　髪を引っ張るな！」

「ハゲちゃいなさい！」

「この年でハゲてたまるか！」

「喧嘩両成敗」

ぼそりとシリウスが言うと、シャーロットもイザークもびくんっと体を震わせる。お仕置きがよっぽど怖いのか二人とも無理矢理笑みを浮かべ仲直りの握手をしたが、どちらも顔が真っ赤だ。

「……力抜け」

「そっちこそ！」

やっぱり握力勝負になっているようである。

本当、仲がいいわ。

セレスティナは、くすくすと笑ってしまった。

到着した別荘は白亜の豪邸だった。その素晴らしさにセレスティナは目を見張る。まるでお城のよう。馬車から荷物を下ろしている使用人達に目を向けると、白いボディのマジックドールも多数まじっていて、セレスティナの目は釘付けになった。

やっぱり、公爵邸にはマジックドールがいるのね。

目が合った銀色ボディのマジックドールが、黒い表示装置の中でチカチカ光る赤い目を笑みの形に変え、「ようこそ」と歓迎してくれた。セレスティナは嬉しくて仕方がない。

夕食もこれまた素晴らしかった。テーブルを飾る装飾がなんと全て菓子細工である。繊細な薔薇の菓子がテーブルの縁を彩《いろど》り、テーブルの中央を飾る白鳥型の菓子細工はひときわ美しい。

「これ、今王都で一番人気の料理人、ロラン・マレの作品よ」

ひそひそと横に座るシャーロットが囁く。

「スワレイ伯爵邸で何があったかは知らないけど、ふふ、パパったら、ティナを元気づけようとしたみたいね。せっかくだから楽しみましょ。凄いわよ。彼を呼び寄せるのに目一杯ボーナスを弾んで、詰まっていた仕事を全部キャンセルさせたんだから」

え？　私の、ため？

セレスティナはびっくりしてしまった。改めて色鮮やかなお菓子の装飾に見入ってしまう。まるで芸術作品のように美しく、素晴らしく豪華だ。豪華すぎる。シリウスに目を向けると、彼はふわりと微笑むだけで、さも普段通りだと言わんばかりである。

ど、どうしよう、お礼なんて何もできない。

「ティナ、どうしたの？」

「なんだか申し訳なくて……」

セレスティナが素晴らしい夕食に気後《きおく》れすると、シャーロットがきょとんとした。

「え？　なんで？」

「贅沢すぎるっていうか、何も返せそうにないわ……」

「は？　ありがとうでいいのよ？」

金銭感覚が違うのか、まったく通じない。シャーロットが肩をすくめた。

「んもう。ティナは考えすぎ。ここで暗い顔されたらパパが可哀想だわ。こういう場合はね、ありがとう、にっこりが一番の返礼なのよ？　せっかく喜んでもらおうとして頑張ったのに、ティナに喜んでもらえなかったら意味ないじゃない。逆にパパは落ち込むわよ？　もう」

「ご、ごめんなさい」

「はい、にっこりは？」

シャーロットに、にーっと笑われて、つられてぷっと吹き出してしまった。

「そうそう、それが一番よ」

今度は、ぐにいっと指先で頬をつつかれた。

シャーロット様は本当に明るいのね。傍にいるだけで、こっちまで明るい気持ちにしてくれるわ。

「目一杯楽しみましょ！」

シャーロットの宣言に、セレスティナは今度こそ素直に頷いた。

そうね、暗い顔はよくないわ。

チョコレートの噴水を見て、セレスティナは一緒になって歓声を上げた。こんなのは初めてである。好きな果物をからめて食べるらしい。シャーロットはメロンで、セレスティナは苺を選ぶ。イザークはプリンだ。

「何それ、美味しそう！　わたくしもやるわ！」

シャーロットは目を輝かせ、あれもこれもと大騒ぎだ。楽しませようと意図しているのか、演出の一つ一つが遊び心満載である。本当に美味しくて楽しくて、目一杯遊んでしまったように思う。


「ね、お母様は？」

夕食後、部屋に戻りながら、セレスティナはシャーロットに尋ねた。家族の食卓に姿を見せなかったので気になったのだ。シャーロットがなんとも言えない顔をする。

「わたくしが幼い頃に男を作って出ていっちゃった」

ぼそりと言われ、セレスティナは言葉が出ない。シャーロットが憤慨する。

「ほんっとママったら、信じられない。何よ、あれ？　パパにベタ惚れで、蜂蜜を混ぜたお砂糖みたいに甘々夫婦だったくせに、なんであーなるのよ？　ダーリン、ハニーって呼び合って、毎度毎度こっちがげっそりするくらいの、いちゃつきぶりだったくせに！」

「母上の言い分がなー……」

口を挟んだのはイザークだ。

「何よ、ママの肩を持つ気？」

シャーロットが足を止め、キッと兄のイザークを睨みつける。

「違う。俺だってショックだったんだぜ？　母上は俺達を捨てたってことだもんな。けど、まぁ……理由が理由で、これぱっかりはどうしようもないっていうか……」

シャーロットの目がきりりとつり上がった。

「パパが自分より先に死ぬのが嫌だった？　死に顔を見たくない？　何よそんなもの！　寿命の違いくらい、結婚する前から分かってたことじゃないの！　だったらどうして、パパのプロポーズを受けたりしたのよ？　あんなの、パパが可哀想！　謝ったって許してなんかやらないんだから！　ティナ、行きましょう！」

シャーロットに手を引かれてセレスティナは歩き出す。振り返ると、その場でイザークがやれやれと言うように肩をすくめていた。

「シャーロット様、あの、ごめんなさい」

「シャルお姉様よ」

ふてくされながらも、そう訂正する。

「分かってるわよ。こんなの姉らしくないわよね。もっとしっかりしないと……」

いいえ、あの、そこじゃなくて。

「これ以上好きになるのが怖かったんですって……」

歩きながらぽつりとシャーロットが言う。

「ママの言い分よ。この人素敵！　いける！　みたいな、軽い気持ちで結婚したけれど、パパのことをどんどん好きになっていって、どうしようもなくなったって……。予想外にのめり込んじゃって、幸せであればあるほど、パパを好きになればなるほど、それを失う時が怖くてたまらなくなったって……どう思う？」

セレスティナは返答に困った。なんて言えばいいのか分からない。

「ドラゴンの寿命って千年くらいあるのよね。確かにママはもの凄い長寿よ。人間の何倍も生きちゃう」

「シャーロット様の寿命は？」

「ハーフだからママの半分くらいね。だから、ママはわたくし達も捨てた。自分よりも先に死ぬからって……あんまりよ」

シャーロットの肩が震えていて、まるで泣いているかのよう。

「シャルお姉様、あの……」

シャーロットを慰《なぐさ》めようと、セレスティナがきゅうっと彼女の手を握ると、ぐるんと勢いよく振り返られた。琥珀色《こはくいろ》の目が爛々《らんらん》と輝き、押し迫る頬は赤い。

「何！　何かして欲しいことでもあるの？　そうよね、わたくしはお姉様だものね！　夕食のあとはお散歩かしら？　それとも探検でもする？　さぁ、行きましょう！　ティナ！　お姉様が別荘を案内してあげるわ！」

シャーロットにぐいぐい手を引かれて、セレスティナは歩き出す。

立ち直りが早いわ。もしかしてお姉様って言葉は、シャーロット様にとっては活性剤なのかしら？　元気になってくれてよかった。シリウス様に奥様の話はきっと禁句ね。黙っていよう。

セレスティナはそう考えたけれど……

「彼女は妻のサマンサだ」

一人で部屋に戻る途中、廊下に飾られた絵の前で足を止めたのがまずかったようだ。じっと肖像画に見入っているとシリウスに見つかり、そう説明されてしまう。

ど、どうしよう……

背後にシリウスの気配を感じながら、セレスティナは戦々恐々としていた。

「別れたが……」

ぽつりと口にした言葉が、やっぱり寂しそうでいたたまれない。

「綺麗な方ですね」

セレスティナはそろりと言った。描かれているのは、イザークによく似た赤毛の美女である。瞳は琥珀色《こはくいろ》……そうか、二人とも瞳の色は母親に似たのね。

「ああ、最高に美しいドラゴンだった」

背後にいるシリウスが懐かしむようにそう言った。

優しい声……きっと微笑んでいるんだわ。

「色鮮やかで艶々《つやつや》とした赤い鱗、すらりとした尾っぽに、ビロードのような翼。亜竜とは違う知性あるあの眼差しに惚れ込んで、結婚してくれと追いかけ回し、見事彼女の心を射止めた。可愛い子供も生まれて、結婚生活は幸せそのものだった」

いいえ、そこを褒めてはいけないということはないけれど……

セレスティナは微かな違和感を覚える。褒める部分がドラゴンの姿ばかりだからだ。

「だが、六回目の結婚記念日を迎えた頃から、浮気されまくってな……」

え？　浮気？

セレスティナは驚き、つい振り返るも、シリウスの視線は絵に固定されたままだ。当時を思い出すかのようにシリウスは先を続けた。

「こちらの目を盗んで、いや、盗めていないが、若いドラゴンをとっかえひっかえ連れ歩くようになった。一体何が原因かと悩みまくったが、悩んだことすら阿呆らしい。妻に言わせると私は人間で短命だから？　後添《のちぞ》えを今のうちに確保しておくのだと告白されて……。後添《のちぞ》えって……私はまだ生きている。どう言えばいいのか、ほんっとうに分からなかったぞ……」

シリウスが突如、激高する。

「夫が生きているうちに後添《のちぞ》えもくそもあるか！　あれは立派な浮気だ！　焼き餅を焼くに決まってるだろう！　あのくそドラゴンどもめ！　人妻といちゃいちゃいちゃいちゃ！　思い出すだけではらわたが煮えくり返る！　人間人間と馬鹿にするのも大概にしろ！　その人間ごときに負けたのはどこのどいつだ！　あいつら全員、魔鋼鉄の鎖でぐるぐる巻きにして、海の底深くに沈めてやったとも！　はっ！　助けてくれ？　たかが人間ごときが作った仕掛けから抜け出せずに、ご愁傷《しゅうしょう》さまだ！　毎度毎度妻に泣きつかれて、泣く泣く解放していたが、いっそあれをちょん切ってやればよか……ああ、悪い。子供に聞かせる話じゃないな」

シリウスは、ごほんと咳払いをする。そして気持ちを落ち着けるように大きく息を吐き出した。

「つまり、浮気相手を毎度のようにしばき倒していたら、妻に逃げられたんだ」

大真面目な顔で言われ、セレスティナは言葉に詰まった。

「え、あの……なんて言ったらいいか」

「笑ってくれていい。妻は美しかった。この上なく。だから一目惚れで結婚してくれと迫ったあげく、このざまだ。浮気を繰り返され、そのたびに浮気相手のドラゴンを海底深く沈めて、散々ざまぁとあざ笑い、あいつらのプライドをべっきべきにへし折っていたら……いつの間にか、ドラゴンキラーと竜王国で言われるようになった。何故か、あいつらに遠巻きにされるようになってな……。殺してないぞ？　ほんの少しへこませただけだ。なのにどうしてあそこまで怯えられなければならないのか……。やりたくてやったわけじゃない。寝取られ男のささやかな復讐だ」

えっと……。さらっと言っているけれど、ドラゴンってもの凄く強かったような……。それを怯えさせるなんて軍隊を動員した、ということかしら？

見上げると、いつものシリウスがそこにいる。威風堂々《いふうどうどう》とした体躯は人目を引いてやまず、片眼鏡をかけた顔はあくまで端整で、肩まで伸びた長い白銀の髪は流星のよう。

こんなに素敵なのに……

セレスティナは悲しい気持ちで、もう一度赤毛の美女の肖像画を見上げた。

シリウス様を失うことが嫌で手放した……。よく、分からないわ。病気で余命一年って考えれば分かるかしら？

そう想像してもセレスティナには理解できそうもない。むしろ共に生きる時間が短くなればなるほど、切実に一緒にいたいと、きっとそう思う。

「私なら……」

「ん？」

「な、なんでもありません！　お休みなさい！」

絶対にシリウス様を手放したりしない、そう言いそうになって、慌てて退散した。まるで愛の告白みたいで恥ずかしい。ベッドに入ってからセレスティナは何度も悶絶してしまった。


翌朝、セレスティナがベッドで朝食を取っていると、シャーロットが顔を出した。

「あら？　まだ朝食を食べ終えていなかったの？　うふふ、お寝坊さんね」

ぽすんとベッドに腰かけたシャーロットに、つんっと頬をつつかれる。ベッドテーブルの上に載っているのはシャキシャキのサラダにハムエッグ、焼きたてのパンとオレンジジュースだ。

「今日は街へ遊びに行きましょう。お兄様も一緒よ」

「オルモード公爵様は？」

セレスティナが問うと、シャーロットが人差し指を顎《あご》に当てた。

「んー、パパなら今日は研究室じゃないかしら。何かに没頭すると、何時間も出てこないのよね。あ、そういえば、昨夜研究室を覗いたら、魔道モニターを見て、ふふふふふってずっと笑っていたから、ちょっと不気味だったわ」

昨夜……。どきんとセレスティナの心臓が跳ね上がる。愛の告白もどきは未遂だったけれど、思い出すだけで羞恥《しゅうち》に身もだえしそうになる。

憧れよ、憧れ。あれは憧れ。勘違いしちゃ駄目。

セレスティナの心中など知るよしもないシャーロットが言う。

「画面から『かゆいーかゆいー』って悲鳴がしていたから、多分何かを仕掛けて、高みの見物をしていたんじゃないかしら？　ほんっとパパってば悪趣味。一体何をやらかしたのかしらね？」

シャーロットは首を捻るが、セレスティナとて分からない。

食事を終えたセレスティナが、侍女に身支度を調《ととの》えてもらって馬車まで行くと、イザークがふてくされていた。母親似の赤毛の美少年は、不機嫌でも、やはり絵になってしまう。

「おっせー……」

イザークがそう口にする。随分と待たされたらしい。

「女の身支度には時間がかかるものよ」

シャーロットがそう反論し、つんっと顎《あご》を上げる。

「ごめんなさい」

セレスティナが身を縮めると、イザークはふいっと身を翻《ひるがえ》した。

「……行くぞ」

「もう、そういう時は気にするな、くらい言うものよ」

シャーロットはあきれ顔だ。

街には二人の銃騎士が付いてきた。護衛なんかいらないとイザークは突っぱねたが、公爵様の言いつけですと言われ、今に至る。自動馬車を降りると、大通りを歩くセレスティナ達のあとをつかず離れずの距離を保ってついてくる。ちらりと振り返ったイザークは不満げだ。

「……俺、つえーから、護衛なんかいらねーっつうのに。父上もなんであんなのくっつけるかな。暴漢なんか返り討ちにしてやるぞ？」

「護衛というより、あれは見張りでしょ？　お兄様が悪さをしないように」

「うるせー！」

シャーロットの言いようにイザークが憤《いきどお》る。イザークの視線が前方から逸れた瞬間、前から歩いてきていた大柄な人とぶつかった。いや、大柄な熊獣人だ。

「おい、待ちな」

「あん？」

通り過ぎようとしたイザークが、ぶつかった熊獣人に肩を掴まれた。

「ぶつかっておいて謝りもしねーのか？　人間風情が生意気だぞ」

体の大きな熊獣人がそう居丈高に言い放ち、セレスティナはびくっとする。獣人は残念ながら人間差別が顕著《けんちょ》だ。身体能力で劣っている人間を最弱と蔑《さげす》んではばからない。魔道具を使って獣人に対抗するやり方も気に食わないらしく、頭でっかちの猿と罵《ののし》られることもある。

熊獣人の仲間らしい狐獣人がにやにや笑って言った。

「そうそう、地面に頭こすりつけて謝れよ。獣人様にぶつかって申し訳ありませんってな。こっちがいいって言うまで顔上げんじゃねーぞ？　人間のお前にはそれが似合いだ」

「……獣人風情が笑わせんな」

狐獣人の要求をイザークが一蹴する。

「なんだと、この！」

「あ、あの！　ごめんなさい、よそ見をしていて……」

セレスティナが争いを止めようとするも、シャーロットが待ったをかけた。

「ああ、ティナ。大丈夫よ、放っておいて。問題になるようなら、あいつらが止めるから」

シャーロットが後方を指し示した。そこには二人の銃騎士がいて、のんびりと高みの見物をしている。セレスティナは驚いた。

そ、そういえば……なんで動かないの？　えええ？　護衛じゃないの？

シャーロットが肩をすくめた。

「言ったでしょう？　あれはね、お兄様が悪さをしないための見張りなのよ。ま、旗色が悪ければ、手を貸してくれるでしょうけれど、必要ないと思うわ」

熊獣人が繰り出した拳を、イザークが片手で受け止める。周囲がざわりと揺れた。イザークの見た目は普通の人間である。そして相手は体の大きな熊獣人だ。目を見張るのも無理はない。熊獣人

が突如悲鳴を上げ、片膝をついた。熊獣人の拳を、イザークの手がぎりぎりと圧迫しているのだ。

「わたくし達の握力だとね、あいつらの骨も砕けるの」

シャーロットが、自分の手を握ったり開いたりしつつ、セレスティナに説明する。

「えええぇ？」

「半竜だって言ったでしょう？　ほんっと、あいつら舐めすぎなのよ。人間、人間って、見た目で判断するから、こーいう目にあうの」

「で、でも！」

「あ、ほら、あいつら反撃に出たわよ」

シャーロットの言葉通り、仲間の獣人達がイザークに一斉に襲いかかった。繰り出された豹《ひょう》獣人の拳をひらりとかわし、逆にイザークが放った拳で相手の体が吹っ飛んだ。そう、文字通り吹っ飛んだのだ。近くにあったゴミ箱の中に頭から突っ込む。

セレスティナは呆然とした。

イザークの回し蹴りで体の大きな熊獣人も地面に叩きつけられ、最後に残った狐獣人はイザークの頭突きで沈む。周囲に集まった人々が、ざわついた。

「まだやるか？」

イザークが睨みつけると、獣人達は悔しそうに歯を食いしばり、背を向けて立ち去った。肉体強度を誇る獣人が足を引きずるようにして歩いているのだから、イザークの力の凄さが分かる。セレスティナは獣人達の背からイザークに視線を移す。イザークの腕に赤い色が見えて慌てた。

「怪我をしたの？　見せて！」

急ぎ、イザークの腕を引っ張ったが、セレスティナが目にしたのは血ではなかった。艶々《つやつや》とした赤い鱗である。つい撫でてしまったが冷たくはなく、むしろ温かい。思わず見入っていると、イザークにさっと腕を引かれ、セレスティナは我に返った。

「……半竜だから、鱗があんだよ。興奮すると出るんだ」

イザークに睨まれた気がして、セレスティナは身がすくんだ。

もしかして、怒らせた？

「ご、ごめんなさい、あの……」

「ドラゴンの血が活性化すると、こうなっちゃうのよね」

そう説明したのはシャーロットだ。

「身体能力がぐっと上がるから便利なんだけど、どうしてもこんな風にあちこち鱗が出ちゃうの。最大時はもう全身よ。いつ何時こうなるか分からないから、肌の露出は避けた方が無難だわ」

セレスティナはほっと胸を撫で下ろす。

「よかったわ」

「……よかった？」

イザークが怪訝《けげん》そうに眉を寄せる。

「だって、怪我をしたと、そう思ったんだもの。なんでもなくてよかったわ」

セレスティナがそう言うと、イザークは目を見張った。まじまじと見られ、セレスティナは居心地が悪くなる。何かおかしなことを言っただろうかと戦々恐々としていると、シャーロットがイザークに身を寄せ、そっと耳打ちをした。容姿端麗な双子がこうして身を寄せ合うと妙に絵になる。

「だから、言ったでしょう？　ティナは大丈夫だって」

「あ、ああ……そう、らしいな？」

「わたくしが竜眼を見せた時も、ティナはこんな風だったの。まったく気にしないのよ。うふふ、頭がよくて素直で可愛くて、もうもう最高よ。まさに理想の妹だわ」

シャーロットがふふっと笑う。セレスティナは困ってしまった。二人に見つめられる理由が分からず、もじもじする。

「さ、ティナ、行きましょう」

疑問は解けぬまま、シャーロットに手を取られ、歩き出す。

散策途中、セレスティナはランプを売る店の前で足を止めた。お洒落《しゃれ》なランプが並んだショーウィンドウに見入っていると、背後からイザークが同じように覗き込む。

「なんだ？　欲しいのか？」

「その、魔道具だから……」

セレスティナがおずおずと言った。

「あー、仕組みが気になるってことか？」

「ええ、その、分解したいって、そう思うの」

セレスティナの説明に、シャーロットとイザークが顔を見合わせた。

「うっわ」

「パパと似てるわ」

シャーロットが驚く。

「パパも子供の頃、気になったものはなんでも分解しちゃったらしいの。そっか、パパと同じ魔工技師を目指しているから、やっぱりこういったところも似ちゃうのね」

イザークがごほっと咳払いをし、口を開く。

「その……買ってやろうか？」

セレスティナはびっくりした。何やら照れくさそうに、友達になった記念にと、イザークが言う。

シャーロットが割って入った。

「えー、何それ、色気のない贈り物ね。これって分解用でしょ？　どうせ記念にするならアクセサリーにしなさいよ」

シャーロットの意見に慌ててしまった。

「いえ、あの、大丈夫！」

「遠慮しなくていいんだぜ？」

「いえ、あの、本当に！」

セレスティナはぶんぶん首を横に振り、急ぎ店の前から離れた。今までこんなこと一度もなくて、どうしていいか分からない。

ジーナなら可愛く甘えられるのだろうけれど……

妹との違いに落ち込みそうになるけれど、そんな思いを追い払う。

途中で買った焼きたてのクレープを手に噴水のある広場まで行くと、小さな男の子が泣いていた。

「……迷子みたいだな。警邏《けいら》の詰め所まで連れてくか？」

「んー、近くに母親がいるんじゃない？　その子の名前を聞き出して、放送すればいいわ」

シャーロットは子供から名前を聞くと、ポーチをごそごそ漁り、取り出した魔道具を口元にあてた。

『あー、テステステス、イリスちゃんのお母様、イリスちゃんのお母様、いらっしゃいましたら噴水の傍までお越しくださーい！　お母様を捜して泣いてまーす』

セレスティナは目を見張った。

魔道具で声の拡大！　凄いわ！　シャーロット様のポーチ、いろんな魔道具が入っているのね！

もしかして、この拡声器、シリウス様が作ったのかしら？

セレスティナの視線に気が付くと、シャーロットは意味ありげに笑った。

「……もしかしてこれを分解したい？」

そう言われて、セレスティナはぶんぶん首を振った。もちろん縦に、である。

「ふふっ、なら、あとで貸して上げるわ」

シャーロットがそう言って笑った。

しばらくすると子供の母親がやってきて、お礼を言いながら子供と共に立ち去った。

「……優しいんだな」

イザークの呟きに、セレスティナは首を傾げた。

「自分の分のクレープ、さっきの子にやっちまったじゃんか」

イザークがそう言って、苦笑した。そこでセレスティナは、泣いていた子供に、自分の分のクレープをあげたことを思い出す。涙で潤んだ目が、じっと自分の手元を見つめていて、食べたいのだと分かり、思わずそうしてしまったのだ。

不思議だわ。ジーナ以外の子なら、私でも優しくなれるのね。

「その、食べたそうだったから……」

セレスティナがもじもじすると、イザークが笑った。

「そこで自分の分をあげようって考えるところがな。シャルなんか見せびらかしながら食っただろ？　俺達の場合はそーだから。自分の分は自分の分だもんよ」

「何よ、悪い？」

シャーロットがじろりとイザークを睨《ね》めつける。

「羨《うらや》ましがる子の前で見せびらかしながら食べる！　もう、最高じゃない！　あれこそ最高のスパイスよ！　ん、もう、とーっても美味しかったわぁ！」

ほほほと口元に手を当ててシャーロットが笑う。小悪魔的な笑いだ。イザークがぼそりと言う。

「……お前は性格わりーよ」

「しっつれいね！　これが普通よ！」

シャーロットが腰に手を当て憤慨する。

別荘に戻ったら、今度は拡声器の分解だ。

「これもどう？」

借りた魔工具を手に、セレスティナが魔道具の分解に夢中になっていると、シャーロットがあれもこれもと持ってくる。嬉しいけれどセレスティナは不安になった。壊してしまいそうだと訴えると、シャーロットは明るく笑った。

「いーの、いーの！　組み立てられなくても、壊れたって言い切れば大丈夫よ！　後始末はパパに全部丸投げしましょ！」

「ほう？」

聞き覚えのある声が背後から聞こえ、セレスティナを含めた三人が飛び上がる。ぎぎぎと人形のような動作で振り向くと、思った通り、そこにいたのはシリウスだった。片眼鏡をかけた端整な顔は真剣そのもので、セレスティナの手元にじっと見入っている。

「パパ……」

「あ、あの、ご、ごめんなさい！　勝手に！」

セレスティナは慌てて頭を下げる。

「仕組みに興味がある？」

そう問われ、セレスティナがこくんと頷くと、シリウスの顔がふっとほころんだ。

「ハロルド」

「はい、マスター」

シリウスの呼びかけで前へ進み出たのは、銀色のマジックドールだ。セレスティナが別荘に到着した時、ようこそと歓迎してくれたマジックドールである。

「お前の体を分解する許可をティナに与える。いいな？　ティナは今からお前のサブマスターだ」

「はい、マスター」

え？　え……えぇえええええええ！

シリウスの言葉にセレスティナは仰天した。

「名前はハロルドだ。好きにしなさい」

にっこり笑って言われても！

「あ、あのあの、こ、壊したら！」

「直せばいい」

「で、でも！」

「勉強しなさい。そして仕組みを理解するんだ」

「あ、はい……」

なんだろう？　有無を言わさない感じが……

シリウスの青い瞳に、セレスティナは萎縮する。ちょっと怖い、そう思ったのだ。

立ち去るシリウスの背を見送っていると、シャーロットがため息まじりに言った。

「あ～あ、ほんっと、パパってば強引」

「命令と同じだよな、あれ」

シャーロットとイザークがぼそりと口にする。

「命令？」

セレスティナが不思議に思っていると、イザークが説明した。

「そう、逆らえなかったろ？　命令なんだよ、あれ」

「そうそう、パパはね、こうしたいって思うと何がなんでも押し通すの。無言の圧力が凄いから、大抵、はいって言わされちゃうのよ。ああなったらもう駄目よ。逆らうの大変なんだから」

シャーロットが肩をすくめる。セレスティナはシリウスが立ち去った方向に目を向けた。

命令……なんとなく分かる気がするわ。ちょっとだけ怖かったもの。逆らったら駄目、そんな気にさせられる。多分、そうさせられたのね。

セレスティナは、ハロルドという名のマジックドールを見上げた。

銀色に輝くつるんとしたボディ。黒い表示装置の中でチカチカ瞬《またた》く赤い目は、まるでルビーのよう。目が合うと、にっこりと笑ってくれる。随分と愛想のいいマジックドールだ。

そういえば……ここへ来た時も、彼はこんな風に笑ってくれたわ。でも、あら？　分解って言っても、これ、どうやって開けるのかしら？

「あ、ここよ、ここ。触ってみて？」

セレスティナがハロルドの銀色ボディを撫で回していると、シャーロットがハロルドの背を指差した。シャーロットはシリウスがやるところを何度か見ていたらしい。

「手で触れて、『オープン』でいいみたい」

声認証かしら？

セレスティナが言われた通りにすると、つるんとしたボディに四角い筋が走り、すうっと左右に開いた。中は精巧な部品が精緻《せいち》に並んでいて目を見張ってしまう。

「……わあっ、綺麗」

部品の並びを見て、セレスティナは思わずそう口にする。

「え？　綺麗？」

「やっぱ父上と似てる」

ぼそりとイザークが言い、シャーロットが同意する。

「そうね、確かに……パパもそうよね。機器の仕組みの美しさとか、数式の素晴らしさとか語る語る。こっちは、ちんぷんかんぷんでカンベンして欲しいわ」

「だな、うん。あれはもう俺達とは別次元を生きてるよ」

「でね、ハルの内部はティナしか触れないから、頑張って？」

シャーロットがセレスティナの肩をぽんっと叩く。

「私だけ？」

「そうよ。こういった魔道具はね、パパしか触れないの。そのパパが許可したのはティナだから、触れられるのはティナだけよ。わたくし達は無理。触るとびりびりって感電する」

「そーそー。パワードスーツも同じロックがかかってるんだよな。以前、無断使用しようとしたら、感電してえらい目にあった」

イザークがふてくされたように腕を組む。

「パワードスーツって何？」

「ああ、父が開発した戦闘服みたいなもの？　力が十倍、いや、もっとか？　とにかく身体能力が爆上がりする魔道具だよ。けど、父以外の人間は使えないけどな」

セレスティナは目をパチパチさせた。

「どうして？」

「使用者の魔力消費量が半端ないから。普通の人間が使うと、多分、速攻気絶する。父の魔力はほんっと底なしっていうか……。確か一度、王立研究所の人間が、父の魔力量を正確に測ろうとしたけど、計測器が振り切れて計測不能になったんだよな……」

セレスティナは首を捻ってしまった。

「なら、感電しなくても使えないんじゃあ……」

「ああ、それなら大丈夫、俺、これでも父の子だからな？　魔力量なら負けてない。聞いて驚け！俺も幼少の頃、魔力測定オーブをぶっ壊したんだぜ？　純粋な魔力量ならガチンコ勝負できる、はず！」

イザークがぐっと拳を握るも、シャーロットがすかさず止めた。

「頭脳で勝負にならないから、やめておきなさい。絶対けちょんけちょんにされるわ」

「そこなんだよなー……」

イザークががっくり肩を落とす。

「でも……ティナがいればなんとかなるかしら？」

シャーロットがふとそんなことを言い出し、二人の視線がセレスティナに向く。

「そう、だな。ティナの頭脳と、俺とシャルの力を合わせれば、いける？」

「いける、かも？　パパに勝てる？」

二人の視線がきらきら輝いていて、セレスティナは焦った。

「ちょ、ま、待ってぇ！　オルモード公爵様と勝負なんて……」

「うふふ、そうね。今はまだ無理よ。もうちょっと大人にならないと」

シャーロットが悪戯《いたずら》っぽく笑う。小悪魔的な笑いだ。

「そうそう、ティナが王立魔道学院を卒業するまで待たないと」

イザークが腕を組み、うんうんと頷く。

「そーね。それまでに、わたくしもドラゴンライダーになって、亜竜達を従えてみせるわ。命令一つで突撃させられるようになっておくわよ。これでどう？」

「あ、俺は銃騎士な。武器の扱いは任せておけ。どんな武器でも使いこなせるようになっておくぜ！　首を洗って待ってろぉ！」

二人の会話は実に物騒である。セレスティナは慌てた。

「なになになんの話!?　なんの話をしているの？」

「父とガチンコ勝負！」

「面白そうだわ！」

「いやあああああ、やらないわ！」

セレスティナは首を横にぶんぶん振った。

シリウス様は憧れの人なのに！

「そう言わずに」

「ねね、ちょっとだけ」

「駄目ぇ！」

「あのう、お二方、私がいることを忘れていますか？」

おずおずとそう言ったのは、マジックドールのハロルドである。

「防犯の意味合いから、私が見聞きしたことは逐一《ちくいち》記録されているんですよ。ですから、今の会話もきっちり記録されていますよ？　どうします？　マスターに筒抜けになるのでは？　さりげなくお仕置きされないといいですね？　あの方は意外と心がせま……厳しい方ですから」

ピカピカ輝くハロルドの赤い目が、とても申し訳なさそうだ。

「ああ、ハルがいた！」

「消去、消去、消去！　ティナ命令して！」

シャーロットが慌ててそう言った。

「め、命令？」

「ティナはサブマスターよ！　パパから許可されているから、ティナの命令なら受け付けるわ！」

セレスティナが言われた通りにすると、ハロルドは本当に消去してくれた。顔のディスプレイ部分に、記録したデータがざーっと流れ、最後に消去という文字が浮かび上がったのだ。

凄い……

セレスティナは胸を撫で下ろしたが、翌々日の夕食時、そうは問屋が卸《おろ》さなかったことを知る。


「あの、パパ？」

「これ……」

スープ皿を前に、シャーロットとイザークの二人は困惑顔である。贅沢な造りの食堂での家族団《だん》欒《らん》の場だ。一流の料理人ロラン・マレが腕を振るった夕食はとても美味しい。なのにシャーロットとイザークの二人は挙動不審である。セレスティナは首を捻るしかない。

「好き嫌いはよくないな」

スープを口にしつつ、真顔でシリウスがそう口にする。

何かしら？　妙に迫力があるような……

よくよく見ると、いつもは全員同じメニューのはずが、今回は違っている。

私のはコーンスープで……えー、イザーク様は赤いからトマトスープかしら？　シャーロット様のは……

「セロリ嫌い……」

シャーロットがぼそっとそう口にする。

セロリ……ああ、セロリのスープね。美味しそうだけれど、もしかして苦手なのかしら？　イザーク様も食事の手が止まっているわ。

「好き嫌いはよくないな」

シリウスが再度そう言った。

「私に勝負を挑むのなら好き嫌いをなくし、きちんと成長しないと駄目だ」

びくうっと二人の体が震えたのが分かった。

あ、もしかして……一昨日の会話がバレたのかしら？　バレたのよね？

セレスティナがハロルドの方を見ると、顔の黒いディスプレイ部分にあるはずの赤い目が消えていて、「ログ解析でバレたようです、ごめんなさい」というピカピカ光る文字が浮かび上がっている。ハロルドもこれは想定外だったらしい。

「残さないように」

「はあい」

シャーロットが観念したように言う。

「陰険だ……」

ぼそりとイザークが呟くと、シリウスの声が数段低くなった。

「何か言ったかな？」

ひいっと二人が身を縮める。

「お兄様！　こっちを巻き込まないで！」

「わわわ、言ってません！」

「残さないように」

再度シリウスが言う。

「はあいっ！」

「食べるよ！　食べればいいんだろ！」

セレスティナに好き嫌いはない。なので彼女からすれば、どっちも美味しそうに見える。が、二人とも本当にトマトとセロリが苦手らしい。どちらも涙目だ。

でも、シリウス様、二人が苦手な食べ物なんて、よく知っていたわね。二人のことをよく見てるってことよね？　愛情表現だと思っておこう、うん。

セレスティナは黙ってコーンスープを口に運んだ。やはりとても美味しい。

午後になると、セレスティナはシリウスから呼び出された。例のテストをするという。迎えに来た白いボディのマジックドールの背を追い、通されたのは書斎のような場所だった。待ち構えていたシリウスの姿に、セレスティナはドキリとする。

落ち着いて。大丈夫よ、大丈夫……

「かけなさい」

シリウスが微笑んでそう促《うなが》した。セレスティナがソファに座ると、シリウスもまた真向かいのソファに座り、テーブルの上にある魔道具を使って、セレスティナの魔力量を測り始める。セレスティナは作業をするシリウスの手をまじまじと見つめた。

今日は手袋をしていないのね。シリウス様の手はとっても綺麗だわ。指がすっと長くて器用そう。

「シリウス様は……」

そう口にし、セレスティナははっとなる。

あ！　いけない！　名前を口にしちゃった。いつも心の中でそう呼んでいるから！

セレスティナは慌てて言い直した。

「あ、あのあの、オルモード公爵様は……」

「シリウスでいい。何かね？」

計器から目を離さず、シリウスが言う。名前を呼ぶ許可が下りて、セレスティナはびっくりしてしまった。よほど親しくないと、こういった許可は下りない。

い、いいの、かしら？

「シリウス様は、その、手先は器用ですか？」

おずおずとセレスティナがそう問うと、やはり計器から目を離さずにシリウスが答える。

「そうだな……細かい作業は元々得意だった。他の誰よりも。だが、魔工技師として、という意味でなら、たとえ元来器用であっても修練が必要だ。魔工具によっては複雑な動きを要求される。遠隔操作などがまさにそれだ」

「遠隔操作？」

「こんな感じだ」

シリウスが机上の操作盤に触れると、小さな金属片が空中に浮かぶ。よくよく見ると、それは極小の魔工具で、シリウスの手の動きに合わせて動いている。

「例えば義眼のメンテナンスをどうやる？　指など突っ込むわけにはいかない。こういった魔工具を使って、中の部品を調節する。そしてこれらを手足のように自在に使うには、そう、修練が必要だ。これらの工具を思う通りに動かせなければ、中の部品を思い通りに動かすことなどできない」

セレスティナは空に浮かぶ魔工具に見入った。

シリウス様はこれを自在に動かせるってことよね？　凄いわ。

その後、テストが始まると、シリウスは侍女が淹《い》れた紅茶に手を付けることなく、セレスティナの様子を観察し続けた。

静かな時がどれほど流れただろう。用意されたテストを全て終えた時には日が暮れていた。最後の問題を解き終えると、その場ですぐに採点だ。答えを全て記憶しているのか、シリウスの作業にはよどみがない。次々と結果をはじき出していく。

魔力量はほぼ平均だったわ。頭脳は？

セレスティナがドキドキしながら結果を待っていると、採点を終えたらしいシリウスが手にしていたペンを置く。ふっと、彼の青い瞳と目が合った。

なんとも複雑そうな顔でため息をつかれ、セレスティナの心臓がどくんと跳ね上がる。シリウスが意気消沈しているように見えたからだ。

え？　がっかりされた？　もしかして、もしかして……期待外れだったの？

セレスティナは、目の前がすうっと暗くなったような気がした。ショックだった。喜んでもらえると、てっきりそう思っていたから。

ああ、そうか……。私はシリウス様に喜んでもらいたかったんだわ。

そんなことに気付かされる。気付いてしまう。なのに……

膝の上で組んだセレスティナの手がカタカタと震えた。

「君が私の子だったらな……」

そんな呟きを耳にして、セレスティナは、はっとした。反射的に顔を上げると、そこにあったのは、やはり残念そうなシリウスの顔だ。片眼鏡をかけた青い瞳が、物言いたげにこちらを見ている。

「君のような子が欲しかったと、そう思ってしまって……」

シリウスがぼそりとそう口にする。どくん、とセレスティナの心臓が跳ね上がった。

もしかして……がっかりしたのではなく、予想以上だったの？　自分の子に欲しいと思うほど？

「魔工学のテストは、私が作成した引っかけ問題以外、全問正解。知能指数は一九〇という高い数値を示した。素晴らしい結果だ。なんて言うのか、非常に嬉しい反面、本当にどうして君が私の子ではないんだと、そう思ってしまってな……」

シリウスの呟きを耳にして、気持ちが一気に高揚した。

「あ、あの……」

シリウスが片手を上げ、セレスティナの言葉を止めた。

「ああ、ただ……誤解しないで欲しい。シャルとイザークが可愛くないわけではないんだ。あれはあれで可愛い。かけがえのない自分の子だ。だが……なんていうか、その……泣けるんだ」

「え？」

「テストの結果を見るたびに一体誰に似たんだと……。母親のサマンサだって頭は悪くなかったはずなのに……。シャルもイザークも運動神経は飛び抜けていい。魔力は膨大。けど、肝心要の頭脳が平均以下……。どうせなら逆の方が……。脳筋、一言で言うとそんな感じで……泣ける」

セレスティナは慌てた。なんとかシリウスを励まそうと身を乗り出す。

「あの、でも、シャーロット様は綺麗です！　彼女はシリウス様似です！　とっても美人です！」

だが、シリウスの愚痴は止まらない。

「顔なんか目が二つと鼻が一つ、口が一つついていればそれでいいんだ。大した違いはない。頭がいい方がいい。こっちが魔工学の講釈をすると、二人揃って居眠り……こればかりは叱ってもな、どうにもならない。パパの言うことはちんぷんかんぷんって……本当に一体誰に似たんだ？　卑屈になられるよりはいいが、ああまで開き直られるのもな……」

しばらく、じっとり湿った空気を漂わせていたが、ふっとシリウスの雰囲気が変わった。

「……祖父か？」

シリウスがぼそりとそう口にする。先程までの意気消沈した雰囲気が一転、今度は何やら不穏な空気を醸《かも》し出している。どんよりとした雨雲が、雷鳴轟《とどろ》く嵐にでもなったかのようだ。

「あの？」

セレスティナの戸惑いなどそっちのけで、シリウスの愚痴は続く。

「あの脳筋ドラゴンか？　考えるより先に手が出る、手を出してから考えるという馬鹿っぷり……人間人間と散々馬鹿にしておいてこれか！」

急に激高したかと思うと、シリウスは胸ポケットから取り出した懐中時計型指令機を、何やら操作し始める。手の動きがもの凄く速い。

「シリウス様？」

「あいつらは水に弱いんだ」

「はい？」

「火と水は相性が悪い。ドラゴンは海底に沈めても、体内にある炎炉で活力を維持できる。だが、弱体化はする。同じ理由で雨も駄目。あいつらが住処にしているのは雨の殆《ほとん》ど降らない乾燥地帯だ。しかも盆地！　そこに雨雲を集めて、ひと月ほどじゃばじゃば降らせてやれば、とことんこたえる。人間で言うと、そう……冷凍庫に閉じ込められるような感じか？　寒い寒いと言い出すんだ。はははは、待ってろ。今それをやってやる！」

「あのあのあの！」

「ああ、大丈夫だ。心配はいらない。あいつらの生命力は凄まじく強いからな、水攻めで力をそいで、いたぶるくらいがちょうどいいんだ」

「ちょっとお伺いします！　シリウス様は、雨、雨を降らせられるんですか？」

セレスティナは身を乗り出した。そんな話は聞いたことがない。日照りで水がないのなら、水路を作り、別の場所から水を引っ張ってくる。それが普通のやり方だ。水魔法で雨は降らせられない。せいぜい、空気中に含まれる水を取り出せるだけである。

シリウスはぴたりと手を止め、顔を上げた。

「ああ、できる。私が開発した魔道具を使えばな。ただ欠点があって」

「欠点？」

「雨量をコントロールできない」

「え？」

「雨を降らせられるが、止められないんだ。以前、かるーい気持ちで実験したら、まるまる一週間豪雨になって、村一つ押し流してしまった」

「えぇ!?」

シリウスの告白にセレスティナは仰天する。

「知らんぷりしようかと思ったんだが、家がなくなったと嘆き悲しむ村人を見ていたら、流石《さすが》に良心の呵責《かしゃく》を覚えてな……」

ふいっとシリウスの視線が逸らされる。

「持っている魔道具を総動員して、その……一週間ほどで、なんとか元に戻したんだ。そうしたら、今度は神の奇跡だと村人達が騒ぎ出して、天を仰いでありがたや――……。あれには閉口した。作業が見えないようにしていたから、忽然《こつぜん》と村が復活したように見えたんだろうが、そんなわけないだろう。神は人工物を作ったりしない。天高くから見下ろして、ふんぞり返っているだけだ」

「そ、そう、なんですか？」

セレスティナが反応に困っていると、シリウスが力説した。

「そう、祈るだけ、む、だ、だ！　あれはな、全知全能なくせに動かない。何もしない。見てるだけーって、何様だ？　ああ、神だったな。とにかく、何かを成したいのなら自分の手を使え。自分で動くしかないんだ。雨よ降れー、などと天に向かって祈っている人間の頭を蹴りたくなる。で、まぁ、欠点はあるが、先程も言ったように雨は降らせられる。どんな場所でも。で、あいつらの住処が水に浸かっても、この場合は、ちっとも良心は痛まないので……」

「いえ、あの！　どこが水に浸かるんですか？」

「竜王国ドルトラン」

シリウスの返答にセレスティナは目を剥《む》いた。

「え、ちょ……」

「サマンサの父親は竜王だ。玉座の間とやらで偉そうにふんぞり返っている。で、こちらが会いに行くと、こう言うわけだ。人間ごときがなんの用だ、と。それはもう、くっそ偉そうに！　どうだ？　かっちーんとくるだろう？　くるよな？　サマンサの手前、愛想良くしていたが、もはや我慢する必要などないわけだ。雨とお友達になってもらう。いや、豪雨かな？」

ふふふふふという笑い方が不気味！　流石《さすが》にちょっとこれは！

セレスティナは慌てた。絶対止めないとまずい。

「ま、待ってください！　奥様の父親なら、シャーロット様とイザーク様のお祖父様なわけで、えーっと、ふ、二人が悲しみます！　喧嘩しちゃ駄目です！」

セレスティナは必死で止めた。

別の人が言ったなら単なる冗談だと思うところだけれど、シリウス様ならやりかねない。絶対現実になるわ！　竜王国が水に浸かっちゃうぅ！

「……嫌なのか？」

「そうです！　それに！　竜王国！　私も見てみたいです！　水浸しにしないでください！　お願いします！」

「あれを見たい……外から見ても単なる岩山なんだがな」

シリウスがぽつりと言った。

「あいつらは人間のような建物を造らない。山をくり抜いて住処にする。だが、そうだな。洞窟内部は竜晶石で覆われていて美しい。一見の価値があるか……」

とりあえず魔道具の操作は止めてくれた。セレスティナはほっと胸を撫で下ろす。

「君を養女にしたい」

不意にシリウスがそう言い出した。セレスティナが顔を上げると、そこにあったのはシリウスの熱い眼差しだ。彼の青い瞳にじっと見つめられて、頬が熱くなる。シリウスの視線はまるで熱線だ。どう見ても本気っぽい。

「君にパパと呼んでもらうには、一体どうすればいいんだろうな？」

「そ、それは、その……」

「嫌か？」

シリウスにそろりと問われて、セレスティナは慌てて答えた。

「嫌じゃありません！」

嫌なわけがない！　シリウス様とずっと一緒にいられるなんて夢のよう！　でも……

ふっとセレスティナの脳裏をよぎるのは、両親の顔だ。

二人の反応を考えると怖い。もし、もしも喜ばれたら？　ああ、厄介払いができた、清々する。

こんな風に言われたら？　私はいらない子なの？　自分は愛されていない、その事実が決定的になってしまう。

セレスティナからすうっと血の気が引いた。

そうよ、考えないようにしていたんだわ。実の両親に愛されていないなんて、思いたくなくて……。いい子にしていれば、ジーナのようにいつか愛されると期待して、期待して……。だからいろんなことから目を逸らしていた。かすかな違和感は、いつだってあったのに……

ドレスを掴む手にぎゅっと力がこもる。

どうして？　血の繋がった親子なのに……。どうして私はジーナのように愛されないの？

「……無理強いをする気はないから、安心しなさい」

セレスティナの様子から何かを察したか、労《いたわ》るようなシリウスの声が耳に届く。

違う、とセレスティナは言いたくても言えなかった。

シリウス様に目をかけていただいたことはとても嬉しいわ。できるならこのまま一緒にいたい。でも、自分はいらない子だったなんて思いたくないの、ごめんなさい。

あまりにも惨《みじ》めで、口を開いたら泣いてしまいそうだった。

「私なら権力と財力でごり押しできるが……分かっている。子はどうしたって親を慕うものだからな。無理矢理引き離したら、君の心に傷を残すだろう。それだけは避けたい」

シリウスは立ち上がったかと思うと、小さな箱を手にして戻ってくる。

「これをあげよう」

彼が箱の中から出したのは銀色の指輪だ。表面の幾何学《きかがく》模様が美しい。

「それは通信機だ。指にはめて中心部分を時計回りに捻る。そうすると、こちらとすぐに繋がり、会話ができる。で、もし、私の養女になりたいと、そう思った時は、それを使って自分の意思を伝えてくれればいい。私がすぐに迎えに行く」

シリウス様が迎えに……

セレスティナの胸がじんっと熱くなる。

「じっくり考えてくれていい。もちろん今すぐに返事をくれるというのなら大歓迎だが」

「は、はい、あの、なんて言ったらいいか……」

「それと、万が一に備えて防犯も兼ねている。何かあったらそれを使って、助けを呼ぶように。私が必ず駆けつける。その場合は数秒で」

数秒……比喩《ひゆ》、よね？

セレスティナはつい、シリウスの端整な顔をまじまじと見返してしまう。

「瞬間移動は空間をひん曲げれば可能なんだ。ただ、これもまた問題ありありで、ひん曲げた空間が元に戻る反動が凄いから、使いどころを間違うと被害甚大《じんだい》だ。ただ、君が私に助けを求めるほどの緊急事態なら、スワレイ伯爵邸が崩壊してもなんら問題は……」

「問題あります、普通の移動方法でお願いします」

すかさずセレスティナはそう言った。冷や汗が出そう。

「駄目か？」

「はい、穏便にお願いします」

シリウスの青い目をじっと見据えて、セレスティナは訴えた。もう、情に訴えるしかない。シリウスは放っておくと暴走の止まらない危ない人だった、らしい。そのことをセレスティナは今ようやく、ようやく身をもって実感し始めていた。

シリウス様は真面目な常識人、という認識がどんどん崩れていくわ。扱い方を間違えたら爆発する、トンデモ魔道具のよう……

セレスティナは必死で目を逸らさずにシリウスを見つめる。目の前の彼はやっぱり見目麗《みめうるわ》しい天使様だ。白銀に輝く髪に、顔立ちは神の御手による造形美を感じさせる。

青い瞳は、ああそうだわ、いただいたブルーダイヤのよう。シリウス様の場合、天使は天使でも、手にしているのはもしかして、罪の重さを計る天秤ではなくて、爆弾なのかしら？

「……分かった。君の希望が優先だ」

渋々、嫌々といった感じで、シリウスがそう口にした。

翌日、天気は上々で、庭園を臨むテラスでお茶会をすることとなった。

「どうしてパパもまじっているの？」

シャーロットは何やら胡散臭《うさんくさ》げな表情だ。そう、今回のお茶会には、しっかりシリウスも参加していた。子供達と一緒になって優雅に紅茶を口にしている。相変わらずその佇《たたず》まいは立派で、人目を引く。日の光に輝く白銀の髪は流星のよう。

「私がいるのが嫌なのか？」

シリウスが心外そうな顔を作る。テーブルの上のケーキスタンドには、色鮮やかなケーキが並んでいる。真っ赤な苺のショートケーキに濃厚なチョコレートプディング、黄金色のモンブラン等々。全部は食べられないけれど、セレスティナは目移りして仕方がない。

「そんなことはないけど、研究は？」

シャーロットが苺のショートケーキをぱくりと口にする。イザークは苺のムースだ。

「こちらの方が大事だ」

「こっちの方が大事……」

シャーロットがシリウスの言葉を繰り返す。

「そう。まずは親密な交流を重ねることから始めようと思ってな。四六時中ティナと一緒にいれば、私と家族になりたいと、そう思うかもしれないだろう？」

「それって……」

「そう、私はティナを自分の子にしたい。養女にしたい。シャルとイザークの三つ子がいい。絶対逃がさん。ふふふふふふふふふ」

「パパ、その笑い方やめて。悪巧みする時と一緒よ。ティナに嫌われるわよ？」

シャーロットがげんなりしたように言う。

「それは困るな」

シリウスがすっと真顔になった。

「……ティナを養女にしたいってなんで？」

イザークが口を挟んだ。怪訝《けげん》そうな顔である。

「ティナのような子が欲しかったんだ」

シリウスが言う。

「へー……俺達じゃ不満か？」

「魔工学の講義を居眠りせずに聞くのなら、考えよう」

「兄妹だとさ……い、いや、なんでもねー！」

ぷいっとイザークがそっぽを向く。シリウスが追及した。

「……なんでもないって顔じゃないな。ティナを養女にするのが嫌なのか？」

「嫌っていうか……」

「何よ、お兄様、はっきり言いなさいよ！　ティナのどこが嫌なのよ！」

シャーロットがイザークの赤毛を鷲掴《わしづか》みにする。

「いてっ！　髪を引っ張るなぁ！　嫌じゃねーよ！　ただ、兄妹だと結婚でき……」

言いかけて、イザークはぱっと口を閉じる。何やら顔が赤い。

シリウスはイザークが言わんとしたことを理解したのだろう、説明を始める。

「ああ。その場合は、書類上の手続きが少し増えるだけだ。問題ない」

イザークが目を丸くする。

「え？　そーなのか？」

「跡継ぎにした義理の息子と、自分の娘を結婚させる場合があるだろう？」

「……俺、まだ十六だぜ？　社交デビューする年は十八歳だし、そんな裏事情知らねーよ」

「それくらい調べれば分かる。書庫へ行きなさい」

シリウスの眉間に皺《しわ》が寄る。シャーロットが身を乗り出した。

「ね、ティナはどうなの？　わたくしと家族になる気はない？　あなたがオルモード公爵家の養女になって、わたくしの本当の妹になってくれたら嬉しいわ」

セレスティナはドキリとした。

それは、私も嬉しい、けど……

「ああ、無理強いは駄目だ」

シリウスが二人のやりとりを止めた。

「自発的に養女になりたいと言わせるんだ。でないと、ホームシックにかかって泣くかもしれないだろう？　お前達の時だって、夜泣きがひどかった」

「あれは……」

「そう、無理もない。母親が急にいなくなったんだからな」

「そうね、そうだったわ」

シャーロットが手にしていたカップをティーソーサーに置き、くすりと笑った。

「あの時のパパは、わたくしをずーっと抱っこして、あやしてくれたのよね。添い寝もしてくれた。お兄様と一緒に三人で寝たりもしたわ。研究馬鹿のパパが、あの時ばかりは、四六時中わたくし達と一緒にいてくれた」

ずーっと抱っこ……。ああ、なんとなく分かる気がするわ。

セレスティナは、紅茶を口にするシリウスをちらりと見た。

私も大泣きした時、散々甘えさせてもらったもの。大きな腕にすっぽり包まれて、もの凄く安心した記憶がある。思い出したら、なんだか気恥ずかしくなってしまうけれど。

シャーロットが思い出に浸りながら言う。

「ママがいなくなった当初は、寂しくてどうしようもなかったけれど、パパが楽しい思い出をたくさん作ってくれたわ。ふふっ、あの辛い時期を乗り越えられたのはパパのお陰ね。あーあ、寿命の違いなんかでこんなに素敵なパパを捨てたママは絶対大馬鹿だわ。そうよ、パパは天才だもの。もしかしたらこの先、寿命を延ばせる魔道具を開発しちゃうかもしれないわね。あ、そうなっても、ママは許してあげないけど」

「寿命か……延ばす方法がないわけでもないんだが……」

シリウスの言葉に全員が驚いた。シャーロットがガタンと立ち上がる。

「パパ！　寿命を延ばせるの？」

「ああ、他の人間の命を犠牲にすればな」

さらりとシリウスが口にした内容は、ひどく物騒だった。

「他人の命を奪うんだ。そう、生きたい分だけ人の命を奪い、それを補充し続ける。食人鬼か、はたまた吸血鬼か……はっ！　そんなものはもはや人間とは言えないが、どうだ？　やりたいか？」

「いえ、それは……」

シャーロットは言葉に詰まる。

「そう、あまりにも非人道的だ。できるとしても、やっていいことと悪いことがある。この方法は諦めなさい」

シリウスが淡々と言い、シャーロットは頷く。

「はあい……でも、何か、意外だわ」

「意外？」

「パパがまともなことを言ってる」

「……お仕置きされたいか？」

「ごめんなさぁい！」

シャーロットが速攻謝り、セレスティナは目をパチパチさせる。

そんなにお仕置きが怖いのかしら。

その疑問にはお茶会が終わり、部屋に戻る途中にシャーロットが答えた。

「あれはやられたくないわ！」

シャーロットが力説する。

「ティナも一度やられてみたら分かるわよ。絶対に笑い死にすると思うから！」

笑い死に？

セレスティナが首を傾げる。

「ひらひら虫にたかられるの。くすぐり目的に開発されたカラクリ虫よ！　パパってば絶対おかしい！　なんであんなもの作るのよ！」

シャーロットが地団駄を踏む。

「見た目はキラキラしていて綺麗なんだけど、脇の下とか、足の裏とかに潜り込んで、容赦《ようしゃ》なくくすぐってくるのよ。笑って笑って笑って笑って笑って笑って、精も根も尽き果てた頃、ようやくパパに言われるの。大真面目な顔で、ごめんなさいは？　って……。ああ、もう！　最近はやられる前に、速効謝ることにしているわ！」

笑っちゃ悪いと思いつつ、セレスティナは我慢できなかった。シリウス様は、お仕置きの仕方まで変わっている、そう思って。

その翌日も、シリウスはセレスティナの傍にいた。一緒に読書をし、一緒に散歩をする。その翌々日もまた……。セレスティナはなにやら照れ臭い。目が合うと、シリウスは笑ってくれる。ただそれだけでもくすぐったくて嬉しくて、どうしても頬が緩んでしまう。

不思議、不思議。こうしてシリウス様と一緒にいられることが、嬉しくてたまらないわ。もしかしたら、両親に愛されるってこんな感じなのかしら？

そんなある日のこと、意外な訪問者にセレスティナは驚かされることとなる。

第三話　竜王アルゴン

　その日もいつものように別荘の庭で、皆で揃ってお茶の時間を楽しんでいた。その最中、手元がふっと陰ったのである。天気はいいのに、と不思議に思ったセレスティナが顔を上げると、そこには黄金に輝くドラゴンが悠々と舞っていた。日の光を浴びてキラキラと輝くゴールデンドラゴンは、亜竜とは違う圧倒的な迫力があった。

「パパ、あれ……」

「ああ、アルゴンだな」

　シャーロットの指摘にシリウスが答え、胸ポケットから魔道具を取り出し、操作した。

「パパ？」

「ああ、防御システムを停止した。まったく……以前ここへ突っ込んで、集中砲火をくらったのをけろっと忘れているらしい。上空から侵入などすれば、自動照準で狙い撃ちにされると、どうして理解しない。素晴らしいタフさだが笑えない」

「なんのご用事かしら。もしかしてママのこと？」

　シャーロットはいつになく不安げだ。

「違うだろう。娘には二度と会わせないと息巻いていたしな」

シリウスが立ち上がる。手をつけていないチーズケーキは放置だ。

「お前達は部屋に……」

「あら、わたくしも行くわ」

「俺も。何をしに来たんだか、きっちり聞いてやる」

シャーロットとイザークが同じように立ち上がったが、セレスティナはどうすればいいのか分からない。金竜は上空で旋回したあと、別荘の庭に舞い降りる。と同時にその姿がすうっと縮んだ。

「シリウス様？」

「……サマンサの父親がやってきた」

シリウスの答えに、セレスティナは驚いた。

「え⁉　あ、あれ、竜王様ですか⁉」

「ああ、そうだ、が……」

シリウスが前方を見据え、空を仰いだ。片手で顔を覆っている。

「パパ……」

「うっわ、マッパかよ……」

シャーロットが後ずさり、イザークは目を剥《む》いた。セレスティナも視線をさっと逸らす。確かにこちらに向かって歩いてくる白髪の老人は素っ裸である。双子と同じ琥珀色《こはくいろ》の瞳で、老人の厳めしい顔には威厳があったが、真っ裸なので威厳もへったくれもない。ただの変態じじいである。

「相変わらず、人の世界の習慣を理解しない……」

シリウスが手にしている懐中時計型指令機が、ピッと音を立てた。

すると、地面にぽっかり穴があき、こちらに向かっていた素っ裸の老人が、スッポンと吸い込まれた。がぼがぼがぼがぼがぼがぼがぼがぼがぼ、もがががが……と、水の中でもがくような音がし、「シリウスゥうううう！」という怒声が遠ざかっていく。

もしかして流されたの？

「パパ……」

シャーロットが、くいくいとシリウスの服を引っ張った。

「大丈夫、汚いものは流しておいた。あんなものは見なくていい。お前達の目が腐る」

シリウスがしれっと答える。やっぱり流されたらしい。

「お祖父様は、どこに行ったの？」

「……とりあえず服を着せておくように指示しておく」

シリウスが懐中時計型指令機をまた操作し、警備担当のマジックドールに連絡した。


「お義父様、ご機嫌よう」

別荘の居間に足を踏み入れたシリウスが愛想良く笑う。本当に愛想がいい。今度はちゃんと服を着ていたので、例の老人はやんごとないお人に見えた。

格好一つでこうも変わるのね……

セレスティナはひっそり思う。重厚な衣装を着た厳めしい老人が、まなじりをつり上げた。

「にっこり笑って、ご機嫌ようか！　このこわっぱが！」

人型になった竜王アルゴンがテーブルをバンバンと叩く。

「このわしを水の中に突き落としておいて、いけしゃーしゃーと！　まるで汚物のように流しおって！　しかもお義父様言うな！　もう、なんの関係もないぞ！」

竜王アルゴンが額に青筋を浮かべ、がなり立てる。セレスティナはじっと目の前の老人を見つめた。アルゴンは毛布にくるまって、温かいお茶をしっかり口にしている。

寒かったのかしら？　シリウス様の仕掛けだから、水、というより冷水だったとか？

「では、くそじじい」

シリウスがすっと笑みを消し、きっぱり言った。超真顔である。

「変わりすぎだ！　この二重人格者め！　このわしを誰だと思っている！」

アルゴンが再びテーブルをバンバン叩く。

「竜王ですね。で、なんの用です？」

「……大量の牛アメフラシに心当たりは？」

じろりと竜王アルゴンが睨《ね》めつけた。シリウスの表情はまったく変わらない。

「さあ？　知りませんね」

アルゴンが唸るように言う。

「何やら人間が作ったような魔道具が！　続々とわしの寝所に入り込んで、大量の牛アメフラシを流し込んでは消える。その繰り返しで！　わしの寝床が！　ヌメヌメした牛アメフラシで埋まっておるわ！　なんの嫌がらせだ！」

「さあ？　ですから知りません」

「あんなこざかしい小道具！　お前以外の誰が使うんだあ！」

「どこかにいるでしょう。で？　牛アメフラシに埋まった感想は？」

「臭くてたまらぬ！　わしはあの匂いが大大大っ嫌いなんじゃ！　うにうにまとわりつく感触も！　なのに、火で焼き払っても焼き払っても、あとからあとから追加の牛アメフラシが！　このわしに喧嘩を売っているのか！　いい加減にせい！」

「それはお気の毒に」

シリウスが淡々と言う。ちっとも気の毒がっているようには見えない。

アルゴンがふんっと鼻を鳴らした。

「サマンサに振られたのは自業自得じゃろう、人間ごときがわしの娘と図々しい。百年ちょっとしか生きない頭でっかちの猿が」

「……やっぱり水浸しにしましょうかね？」

二人のやりとりにはらはらしっぱなしだったセレスティナは、反射的に前へ出ていた。

真顔のシリウス様の後ろに雷鳴が！

「あああ！　あのあの、喧嘩はよくありません！」

セレスティナは思わず待ったをかける。

懐中時計型指令機を持ったシリウス様の手が、不穏な動きをしそうで怖い、怖いわ！

「なんじゃ？　このこわっぱは……」

アルゴンが眉をひそめ、シリウスは顔をしかめた。

「こわっぱではありません。セレスティナという名があります」

「そうよ、そうよ、わたくしの可愛い妹よ！」

シャーロットがセレスティナを抱きしめ、ぴーっと舌を出す。竜王アルゴンは困惑顔だ。

「妹？　サマンサの子はお前達だけだ。腹違いということか？」

「違うわよ！　でも、妹なの！　お祖父様こそ今更何しに来たのよ！」

「ふん！　べ、別にお前達の顔を見に来た、とかではないぞ！」

アルゴンがそう言ってそっぽを向く。が、その頬はなにやら赤い。

「どのくらい大きくなったか、なんて思っておらん。半竜じゃからな！　人間の血のせいで、成体にならないと、わしらと同じドラゴンの姿にはなれんし！　ち一っとも可愛くない！　そうとも！　ぜんっぜん可愛くなんかないんだからな！」

「ああ、孫の成長が気になって、顔を見に来たと」

さらっとシリウスが言う。

「違うと言っておろうが！」

アルゴンがテーブルをバンバン叩く。シリウスが真顔で言った。

「つまり、牛アメフラシの文句はついでってことですね。こたえていないようですので、追加しておきましょうか。ぬめりを増量させて」

「なんでだぁ！　しかも、やっぱりお前の仕業か！」

「いいえ、知りません」

シリウスが、しれっと言ってのける。

「ふーん、そっか……。お祖父様は、わたくしのことなんてぜんっぜん興味ないんだ」

ふと気が付くと、シャーロットは何やらむくれていた。どうやら先程アルゴンが、ドラゴンの姿になれない孫など可愛くないと言ったせいで、傷ついたようである。

そう、アルゴンの指摘通り、今のシャーロットはドラゴンの形態を取ることはできない。半竜であるシャーロットがドラゴンの姿になれるのは、成長しきった二十歳くらいからだと言われている。

「え？　いや、そ、それは……」

シャーロットの言葉に、アルゴンは慌てたようだ。わたわたし始める。

「じゃあ、ティナと一緒に人間がいっぱいいる街へ遊びに行こうかなー。お兄様とパパも連れて。お祖父様は人間が嫌いだから、ついてこないわよね？」

「あああああ！　ま、待て待て待て！」

シャーロットが背を向けると、アルゴンが食い下がった。かなり焦っているようだ。

「きょ、今日は気分がいいから、お前達を背に乗せて、飛んでやってもいいぞ？　と、く、べ、つ、に！　どうじゃあ！」

アルゴンが、ぐぐっとふんぞり返る。ぴくりとシャーロットが反応した。

「えー、でもぉ……」

「ああ、ほらほら、そこの赤毛のこわっぱも」

「……イザークだよ」

「ええい、四の五の言わずについてこんか。わしは竜王じゃぞ、竜王！　竜の中の竜！　その竜王の背に乗れる！　こんなこと滅多にないぞ！　ありがたくちょうだいせんか！」

ぐいぐい二人の背を押し、アルゴンが別荘の庭へ移動する。

そのあとをシリウスと一緒に追ったセレスティナは、竜王アルゴンがドラゴンに変わる瞬間を目撃し、あんぐり口を開けてしまった。

大きい、凄い……格好いい。素っ裸の竜王様を見た時は変態（内緒）とか思ってしまったけれど、やっぱりドラゴンは威厳があって素敵だわ。

写真でしか見たことなかったので、セレスティナはよけいに感動してしまった。

「凄い！　格好いいです！」

セレスティナがはしゃぐと、ドラゴンとなったアルゴンの耳がぴくりと動き、金竜の尾っぽの先がぴこぴこ揺れた。アルゴンがぷいっとそっぽを向く。

「ふ、ふん！　これくらい当たり前じゃ！　わしは竜の中の竜じゃからな！　格好がよくて当たり前！　もっと褒めてもいいぞ、こわっぱ！」

「……セレスティナです」

そうたしなめたのはシリウスだ。

「キラキラ輝く宝石みたいで素敵です！」

セレスティナはもう夢中だった。きゃあきゃあ、褒めちぎってしまう。すると、アルゴンが機嫌良くバサァと翼を広げた。そしてポーズを取るようにして、にやりと笑う。

「ほ、ほう、素敵、とな？」

「ええ！　ドラゴンがこんなに綺麗な生き物だなんて初めて知りました！」

「ほっほう！　人間のくせに、見る目があるではないか。なかなか見所がある奴じゃ。孫達と一緒に、おぬしを乗せてやらんでもないぞ！」

ぶほうとアルゴンの鼻先から炎と煙が噴き出る。

「本当ですか！」

「大盤振る舞いじゃ、感謝せい！」

「ありがとうございます！」

「うむうむ。ありがたく受け取るがいい。殊勝な態度でなかなかよろしい」

金竜のアルゴンが身をかがめ、セレスティナを乗せようとするも、竜王アルゴンの頭を踏んで背に乗ったのはシリウスだ。予想外の出来事にアルゴンは目を白黒させる。

「シリウスぅ！　お前まで乗せるとは、わしは言っておらんぞ！」

セレスティナの背に冷や汗が伝う。

堂々と竜王様の頭を踏む……これはできそうにないわ。シリウス様凄い。

シリウスが眉間に皺《しわ》を寄せた。

「子供達だけで行かせられるわけがないでしょう。ま、少しは我慢なさい。牛アメフラシ、これで、いなくなるかもしれませんよ？」

アルゴンが唸るように言う。

「……減らず口を叩きおって。お前くらいなもんだ、竜王を足蹴にする人間なんぞ」

「足蹴にしているつもりはありませんが」

「無自覚か！　さっさと寿命が尽きてしまえ！」

アルゴンが吠えた。ドラゴンの咆哮《ほうこう》かもしれない。

シャーロットとイザークもひょいひょいっとアルゴンの背に乗ってしまったが、セレスティナはそうはいかなかった。なにせ極度の運動音痴だ。上手く乗ることができず、滑り落ちてしまう。そこへシリウスが手を差し出し、セレスティナを軽々と引っ張り上げてくれた。シリウスと一緒に座ると、そのまま背後からぎゅうっと抱きしめられ、セレスティナは戸惑う。

「あ、あの？」

「上空は冷えるからこのままで」

シリウスがそう言って笑った。

あ、そうか……。防寒ってことよね？　でも、なんだかこそばゆい。暖かいけれど、ずっとこのままってことかしら？

セレスティナが視線を走らせると、間近にシリウスの端整な顔があって、慌てて前を向く。

ミントの香りが……

セレスティナはどきどきする胸をそっと押さえた。

シリウスが指輪を操作すると、体がドラゴンの背に押しつけられるような感覚に襲われる。どうやら魔道具の力でドラゴンの背から落ちないようにしてくれたらしい。

「しっかり掴まっておれ」

アルゴンが翼を広げて飛び立ったが、魔道具の力でセレスティナの体は安定している。シャーロットとイザークがわあっと歓声を上げた。空から見下ろす景色は、想像以上に素晴らしかった。

長い白銀の髪を靡《なび》かせたシャーロットが振り返り、嬉しそうに微笑んだ。

「パパったら、本当にティナが気に入ったのね。でも、そうやってずっとティナにべったりひっついている必要はないんじゃない？　パパの魔道具の力で落ちないんだから」

シリウスが薄く笑う。

「……寒いからこうしている方がいい」

「パパが寒いの？」

「ははは、私が？　いーや、お前達は半竜だから感じないのだろうが、上空は冷えるんだ。空気が薄くて気温がぐっと下がる。だから、低体温症を引き起こさないよう、こうして暖めている」

シリウスの説明でシャーロットとイザークが顔を見合わせた。

「あー……そういや、そうかも？」

「あ、それでパパは魔力を放出してたの？」

「そう。自分だけなら魔力の循環だけで体温を保てるが、ティナがいるので、こうして魔力を放出して空気を暖めている。今度、ティナ用の防寒具を作ってやろう」

シリウスの説明で、セレスティナははたと思い当たる。

あ、そうか。この暖かい空気、シリウス様の魔力だったのね。それですっぽり覆われていたから暖かくて、風の抵抗も受けなかったんだわ。

セレスティナを包み込むようにしているシリウスを見て、シャーロットがくすりと笑った。

「なんだか雛《ひな》を暖める親鳥みたいだわ」

「ああ、大事な雛《ひな》だ」

シリウスがははと楽しそうに笑う。大事な雛《ひな》……再び背後からシリウスにぎゅっと抱きしめられて、セレスティナの頬が熱を持つ。やっぱりこそばゆい。

シャーロットが竜王アルゴンの首に腕を回し、耳元でそっと囁く。

「……ね、ママは元気なの？」

「ああ、元気だとも」

アルゴンの返事にシャーロットは不満げだ。

「ふーん、なのに会いに来ないんだ？」

「……あれはまだまだ子供なんじゃよ。他者の死を受け入れられない。心が幼いんじゃ」

アルゴンが決まり悪げにそう口にする。シャーロットが顔をしかめた。

「何よ、それ。ばっかみたい。ママはパパと同い年じゃない。そうよ、同じ三十四歳よ」

「ドラゴンの中では、あれはまだまだ子供と同じじゃ。残念ながらな」

「……いつ大人になるの？」

「あと百年も経てば」

「そんなの……その時には、もうパパはいないじゃない」

「だから、わしは最初っから結婚に反対したぞ？　絶対に上手くいかないと」

アルゴンがそう告げ、シャーロットがむっつりと口を閉じる。

そのやり取りを耳にしたセレスティナは訝《いぶか》しく思う。

心が幼いから？　だったら私は？　私だってまだ成人前の子供だわ。けど、私は別れたくなんかない。たとえシリウス様が不治の病《やまい》にかかって、余命一年になったとしても、残された時を精一杯共に生きたい。出会ってよかったと言えるように。失う痛みよりも共に生きた喜びが、それを超えるはずだから。でも、ああ、もしかしたら……

ふっと浮かんだ悲しい考えに、セレスティナは顔を曇らせた。

失うくらいなら始めから手にしない方がいい、そう考えてしまったのかしら。私もジーナに大切なものを取られるたびに、もう何も欲しくない、そう思うことがあったもの。

その後、散々空を飛び回った竜王アルゴンは、満足して帰るかと思いきや、別荘の庭に着地し一行を背から降ろすと、また人型に変わった。このまま居座るつもりらしいが、当然マッパである。

それを目にしたシリウスが懐中時計型指令機を操作し、人型アルゴンはぱっかんと地面に開いた穴に吸い込まれ、そのままジャバババーと流されたのだった。

「シリウスぅ！　毎度毎度このわしを汚物扱いか！」

またもや居間で待ち構えていたアルゴンが、バンバンとテーブルを叩く。もちろん衣服は着用済みだ。シリウスが顔をしかめた。

「毎度毎度学ばないあなたもどうかと思いますが？」

「どーしろと？」

「事前に一言言ってください。そうすれば衣服を貸してあげますとも」

そう言われて、アルゴンは渋々引き下がった。

「ね、そういえば……お母様の時はどうしていたの？」

セレスティナはシャーロットにこっそり聞いてみる。

「ママは人型になると同時に、衣服を身にまとう装身具を身につけていたわよ？　ドラゴンに変わる時は自動解除する優れもの。パパが作った魔道具よ」

「竜王様にそれを貸すことはできないかしら？」

「女物よ？　ドレス姿になっちゃうけどいい？」

苦笑いしか浮かばない。もっと変態になってしまう。

夕食は竜王アルゴンを交えた家族団欒《だんらん》の場となった。ドラゴンの食事は人間と同じでいいらしい。

ただ、フォークもスプーンも使わず、全て手掴みなのが豪快だ。スープは皿を持って、ずぞぞ……

テーブルマナーは学ばなかったのね。というより、人間社会になじむ気なし？

ちらりとシリウスに目を走らせるが、彼は素知らぬ顔だ。慣れているのか、食べ方に口を出すことはない。黙々と食事を続けている。もっとも、手掴みでも大丈夫なメニューばかりだから、事前に気を利かせて、そういった指示を出していたのかもしれない。

「……牛アメフラシはいなくなるであろうな？」

食事を終えたアルゴンが帰り際、シリウスにそう問うた。別荘の庭に全員集合している。

「ええ、そうですね。あなたの寝所に出張するのにも飽きる頃かもしれません」

「相変わらずの減らず口じゃな。まあ、いい。また来る」

「来なくていいです」

「なんでだぁ！　ああ、もう！」

アルゴンは、くるりとシャーロットとイザークに向き直った。

「じいじに来て欲しいじゃろ？」

「えー？」

「うーん……」

「竜晶石のお土産付き！」

アルゴンがすかさずそう叫んだ。

竜晶石……ドラゴンが生み出す魔石よね。希少だから、とっても高い。

「来てもいいわ！」

「大歓迎！」

シャーロットとイザークは大喜びだ。

「……現金だな。まあ、いい。持ってきてやる」

アルゴンが苦虫を噛み潰したような顔で言う。そして金竜になると、彼が身につけていた衣服があっという間に弾け飛んだ。

毎度これなのかしら？

上等な衣服がもったいないとセレスティナは思う。一方、アルゴンはまったく気にすることなくばさりと翼を広げ、飛び立とうとした。が、まさにその瞬間、「竜王さまぁああああああ！　助けにまいりましたぁあああああ！」という声が、頭上から降ってきた。

助け？

ふっとセレスティナが見上げると、今度は立派な緑竜が翼を広げ、こちらへ向かって滑空して来るところだった。エメラルド色に輝く巨体は綺麗だけれど、がはがはという笑い方がなんだか下品である。ドラゴンの高貴なイメージが崩れそうだ。

「ぬおお！　ローレンツ！　お前、なんでこんなところへ！」

アルゴンが吠え、ごおおっと口から炎が漏れ出た。何やら焦っているように見える。すると、再び緑竜のがなり声が響き渡った。

「何故って、あの頭でっかちのくそザルをへこませるんでしょおおおおお！　俺も！　俺も手伝います！　竜王様、いえ、お義父様！　お義父様と呼ばせてください！　ここは是非、この俺にお任せを！　あのくっそ生意気な人間を、けっちょんけっちょんにしてやりますともぉおおお！」

アルゴンが目を剥《む》いた。

「シ、シリウスを標的に？　いや、待て待て待て！　ちょーっと落ち着け！　これを敵に回したらいかん！　こ、こやつは、ほんっとやることがエグくて、これの攻撃は精神にくるんじゃよぉおおおおお！　強力にへこまされる！」

「ほお、くそザル……ですか……」

シリウスがそう呟き、セレスティナの背を冷や汗が伝う。

ふ、不穏な空気が！　雷鳴？　嵐？

セレスティナ同様、アルゴンもまた心底慌てたようである。

「いや、誤解じゃ、誤解！　どこへ行くのかと聞かれたので、ちょいと牛アメフラシの文句を言いに行くと、そう答えただけで……ま、まさかあやつがここまで追ってくるとは思わな……」

「防御システム作動っと……」

シリウスが手元の懐中時計型指令機をピピッと操《あやつ》る。

「おい、今！　今、何をやった？」

アルゴンが焦ったように突っ込んだ。

「なに、温情を取り払っただけですよ。はははは、集中砲火を浴びろ、この×××《ピー》野郎！」

「口悪っ！　つくづく思うが、お前、人格ころころ変わりすぎじゃ！」

そんなやりとりをしている間に、緑竜が防御システムの射程距離に入ったようで、設置された銃口が一斉に火を噴いた。ドガガガガガガガガガガガガ！　自動大型銃の容赦《ようしゃ》ない連射が緑竜を襲う。もきゅううううううという情けない声が、上空に響き渡った。

「な、なんじゃあれは！」

竜王アルゴンが目を剥《む》いた。自動大型銃の攻撃は、なんと緑竜の顔面に集中しているではないか。

シリウスがふっと笑った。

「ああ、あなたの以前の不法侵入を参考に、少々変更を加えました。体に当ててもドラゴンの強力な装甲が弾いてしまうので、大したダメージを与えられません。なので、的確にダメージが行くよう、攻撃が顔面に集中するようプログラムを修正してあります。鼻の部分、柔らかいですよね？」

「のおぉ！　顔！　顔に攻撃を集中！　お前、ほんっとうに性格歪んでるぞ！」

「不法侵入者に文句を言う権利などありません」

ふふふふふふふふとシリウスが笑う。

ひゅるひゅるひゅる、ポテッ……

まさにそんな感じで緑竜は地面に落ちた。集中砲火も一旦やんだが、再び自動大型銃が、うぃぃぃぃいいいいいんっと狙いを定めて、ドガガガガガガガガ！

容赦《ようしゃ》ない、流石《さすが》無機物容赦《ようしゃ》ない！　命令通りに動く自動大型銃は、ぼっこぼこになった緑竜の顔面にさらに集中砲火を浴びせる。もきゅううううう！　という緑竜の情けない声が哀れみを誘う。

「あ、あのあの、シリウス様？　も、もういいのでは？」

「ああ、そうだな、そろそろ許してやるか。弾の無駄遣いだ」

セレスティナがくいくいシリウスの服を引っ張ると、シリウスが指令機を操作し、自動大型銃の動きがようやく止まった。無数の蜂に刺されたかのように、顔面がパンパンに腫《は》れあがった緑竜が、よろよろと立ち上がる。とはいえ、普通なら蜂の巣になって、おだぶつのところをこれなのだから、やっぱりドラゴンはタフである。体の装甲は鋼鉄より堅い。ローレンツと呼ばれた緑竜が口を開く。

「おま、お前、が、シリウスか？」

「貴様などに名前を呼ばれたくはないが、そうだ」

すると、ぼっこぼこ顔の緑竜が、我が意を得たりとばかりに、ふんぞり返る。

「がはははははは！　そうか！　やっぱり人間だな！　小さい小さい小さいぃいいいいい！　ひ弱ひ弱ひ弱ぁあああああああ！　ドラゴンキラーなどと言われて、浮かれているようだが、俺様がここでお前に引導を渡して……」

「攻撃開始」

ドガカガガガガガガガガ！　シリウスの命令で自動大型銃が火を噴き、もきゅううううううう、ぽてっ……。顔面に集中砲火を浴びた緑竜が倒れる。

「で、何か言ったか？」

シリウスが淡々と言い、緑竜はよろよろと起き上がった。

「だ、だから矮小《わいしょう》……」

「攻撃開始」

ドガカガガガガガガガガガガガ！

やはり、自動大型銃が火を噴き、もきゅううううううう、ぽてっ……。同じように緑竜が倒れる。

懲《こ》りない奴と言わざるを得ない。が、流石《さすが》にここまでくると、タフなドラゴンでも動けないらしい。

ぴくぴくけいれんする緑竜をしばらく眺めたあと、再度シリウスが言い放つ。

「で？　なんの用だ？」

片眼鏡の奥の青い瞳はまったく笑っていない。

「ば、場所を、か、変えよう」

よろめきながらも、なんとか立ち上がった緑竜のローレンツは、喘《あえ》ぎ喘《あえ》ぎそう言った。

「こ、ここは、だ、駄目、だ。なんか知らんが、人間が作った、こざかしい小道具が、ほんのちょっぴりこたえる、から……ここじゃない場所、で、一対一のしょ、勝負、だ。サ、サマンサの夫として、お、お前ごときに負けるわけには……」

ぴくりとシリウスが反応する。

「夫？」

「今は、まだ夫候補、だが……け、結婚も、近い。な、なにせ、愛の逃避行をした仲だからな……」

「ほほう？　なるほど、貴様だったのか。サマンサの最後の浮気相手は……」

シリウスが、ずいっと一歩前へ出る。

「最後の一体、しばき損なったんだ。サマンサが、追ってくるなと泣いて頼むから、手を出せず……ここで会ったが百年目。ふふふふふふふふふ」

「シ、シリウス、落ち着け！　お、穏便に！」

アルゴンの叫びを遮《さえぎ》るように、シリウスが言い放つ。

「ああ、穏便に葬《ほうむ》ってやる！」

「全然穏便ちゃうわああああああああ！」

「パワードスーツ装着」

シリウスが言う。セレスティナはその言葉に聞き覚えがあった。

パワードスーツ？　イザーク様が以前使おうとして感電したっていうあれのことかしら？

虚空《こくう》からふっと現れたメタリックな球体が、細かなパーツにばらっと分かれたと思った瞬間、シリウスの全身がそれに覆われる。白銀に輝くメタリックボディに、あちこち青く輝く筋が走っていて、洗練されたフォルムが美しい。

何これ、もの凄く格好いい……

セレスティナはぽかんと見入ってしまう。白銀に輝くメタリック装甲を身にまとったシリウスが、拳を握りしめて振りかぶった次の瞬間、緑竜の巨体がぶっ飛んだ。

え？

セレスティナはつい、吹っ飛んだドラゴンを目で追ってしまう。

ドラゴン……十トンくらいある、わよね？　あの巨体を拳で殴ってぶっ飛ばすって……

獣人だってこんな真似はできない。いや、たとえできたとしても衝撃で拳がいかれる。つまり、シリウスが作り出したあのスーツは、衝撃吸収力も半端ないということだ。

何これ、凄すぎる。

「これ……筋力十倍、じゃなくて、百倍くらいになってるんじゃあ……」

セレスティナが呆けたように言い、そうか？　とイザークがけろりと答える。慣れているのか、シリウスの離れ業を目にしても、イザークとシャーロットはまったく動じない。それどころか、

シャーロットはノリノリだ。飛び跳ねて声援まで送っている。

「パパー！　いけー！　遠慮はいらないわ！　やっちゃえ、やっちゃえ！　ママの浮気相手なんて、ぶっ飛ばしちゃって！」

い、いいの、かしら？

セレスティナが視線を向けると、シリウスは今まさに空を飛んで、ぶっ飛ばした緑竜を追いかけていくところだった。空を飛ぶシリウスを見て、やっぱりセレスティナはぽかんと見入ってしまう。

これも凄いわ。どうやってるの？　風魔法？　でも、風魔法でこんな風に空を飛べるなんて聞いたことがないわ。やろうとしたところで多分、きりもみ状態で吹っ飛んで終わりよね。

飛翔するシリウスにセレスティナが見入っていると、イザークが説明した。

「ああ、あれ、魔道力学の応用らしいぜ？　けど、その理論自体ぶっ飛んでるらしい。魔工学の専門家が、父の言うことを誰一人理解できなかったって。天才となんとかは紙一重っていうけど、父の場合どう見ても天才の部類なんだよなぁ。ぶっ飛び理論、ああやって全部実現させるんだから」

遠くの山に目を向ける。ボールのようにあっちこっち飛び跳ねて見えるのは、恐らくシリウスに小突き回されている緑竜だろう。曲芸を見ているようで、拍手したくなってしまうような光景だが、ボール扱いされている緑竜自身は、笑えないに違いない。

「シュートぉおおおおおおお！」

遠くから微かに聞こえたのは、やはりシリウスの声。

「にゅおおおおおおおおおおお！」

緑のボールと化した緑竜が、地面と平行にぶっ飛んでいく。ボキボキボキボキボキズザザザザザザザザ！　緑の木々が次々へし折られていくのが見える。

蹴られた、のかしら？

「空にご挨拶うううううううううう！」

「にいいいいいいいいいいい！」

殴り飛ばされたらしく、空高く緑のボール……じゃない、緑竜が跳ね上がる。

「地面とお友達ぃぃいいいいいいいいいい！」

「にゃあああああああああああ！」

地響きが凄い。今度は落下速度を利用して殴られたらしく、地面に大穴があいたようだ。

竜王アルゴンが、上空で羽ばたきながら叫んだ。

「謝れ、ローレンツ！　とにかく、謝れ！　じゃないとそいつ、延々精神を抉ってくるぞ！　人間ごときの攻撃くらい軽く受け止められるよな？　とか！　人間ごときに泣いて謝るなんて、みっともない真似はしないよな、とか！　笑いながら、ぼっこぼこにしたあげく、攻撃を避けると今度は、人間ごときの攻撃を避けるなんて、ああ、情けないとか言って、避けられなくしてくるし！　わしらの見下しを逆手に取って、人間ごときを連発するから、余計にプライドずったずたじゃ！」

経験があるのか、アルゴンは冷や汗だーらだらだ。シリウスがにやりと笑う。

「ははは、そうそう、人間ごときの攻撃くらい、笑って全部受け止めろ。とりあえず雨ざらしの刑といくか。あそこの山に貼り付けてやる。瞬間強力接着剤できっちりしっかり接着だ。せいぜい情けなく、泣き叫べ！」

「ちょ、まてぇえええええええええぇぇ！」

アルゴンが必死で止めるも、シリウスは待ったなしである。

「これを乗り切れたら、次は深海魚とお友達になるがいい。ふふふふふふふ。魚の言語を学んでこーい！」

「ひぃいぃいいいいいいい！」

キィンキィンというパワー充電の音と同時に、シリウスの拳が光り輝く。「地の果てまでぶっ飛べ！」という怒声と共に、フルパワーの拳をぶち込まれ、遠くに霞《かす》む山々めがけて緑竜の巨体が吹っ飛んだ。続いて、ドンドンとシリウスの腕部分から発射された粘液のようなものが、ぶち当たってねっとりとまとわりつく。もきゅううぅという情けない声と共に緑竜が山裾へ消えていく。

「ぬおおおおお！　ローレンツぅうううう！」

翼を広げ、バッサバッサと竜王アルゴンがあとを追いかける。

「……下手に手を出さない方がいいんだがな」

いつの間にか、セレスティナの横に並んだシリウスがぽつりと言う。

「今のあれは、瞬間強力接着剤まみれだから。触った途端、くんずほぐれつの親友になる。ま、アルゴンの方は明日にでも解放してやるか。サマンサの父親だしな……」

「……あの、ローレンツさんは？」

セレスティナがおずおずとそう問うと、シリウスがきっぱりと言う。

「あれは深海魚とお友達になってからだ」

許すつもりは微塵《みじん》もないらしい。

「その、あんまりひどい真似は……」

シャーロットが、セレスティナの嘆願に驚いた顔をする。

「えっ！　ティナ、もしかしてあれを可哀想とか思っちゃったの？」

セレスティナがこくんと頷くと、ぽんっとシャーロットに肩を叩かれる。

「あのね、ティナ。あれはね、ママの浮気相手なの。害虫のようなものよ。だから手加減する必要なんか一切なし！　ぎゅーっと踏んでやっていいのよ？　ぎゅーっと。ほら、ティナも遠慮せず」

眉間に皺《しわ》を寄せ、んーっという顔で、シャーロットに切々と訴えられる。

いえ、あの！　遠慮していません！

「で、でも！　あのあのあの！　し、死んじゃうかも！」

いくらドラゴンがタフでも、限界が分からない。心臓はばくばくだ。

「死にはしない」

シリウスがそう説明する。どうやらドラゴンは、体内にある炎炉のお陰でしばらくは無呼吸でも生きられるらしい。炎炉はドラゴンが吐き出す炎を生成する魔法の炉であり、活力の源なんだとか。

それは凄いけれど……

「で、でも……」

「……嫌なのか？」

セレスティナがこくんと頷くと、シリウスははあっとため息をつく。しばらく沈黙が続き、嫌々、渋々といった感じでシリウスが告げた。

「……分かった。深海に沈めるのはやめよう。これでいいか？」

「は、はい！　ありがとうございます！」

セレスティナはほっと胸を撫で下ろしたが、シャーロットは不満げだ。

「えー？　パパったら甘いなぁ……。あんな奴、もっと踏みつけてもいいくらいなのに。ま、しょうがないか。ティナに頼まれたら、わたくしもそうしちゃうものね」

セレスティナは改めて、白銀に輝くメタリックボディのシリウスを見上げた。やっぱり格好いいと思ってしまう。形がマジックドールよりも洗練されているのは、素早い動きが可能なようにデザインされているからかもしれない。

「君がこれの構造を理解できるのは、まだずっと先だな」

つい、白銀に輝くメタリックボディをぺたぺた触っていると、そう言われた。興味津々だったのを見抜かれて、恥ずかしい。セレスティナはぱっと手を引っ込める。

「君が将来、どんな設計図を生み出すのか……楽しみだ」

シリウスの、金属で覆われていない口元が笑みを形作った。そう、笑ってくれたのだ。なのに、何故かその笑顔に胸が締め付けられる。

セレスティナはじっとシリウスの顔を見上げた。バラッと細分化したパーツが再び球体になり、すうっと虚空《こくう》へ吸い込まれて消える。夕焼けに染まったシリウスの横顔が、セレスティナは気になって仕方がなかった。どことなく寂しげで……

今、何を思っているのかしら？


その夜、マジックドールのハロルドが、甘いミルクティーを淹《い》れてくれた。セレスティナが何気なく窓辺に近寄ると、シリウスの研究室にはまだ明かりがついていた。

「……シリウス様はまだお仕事？」

「いえ、マスターは今、お酒を召し上がっていらっしゃいます」

ハロルドがそう答えた。

お酒……研究室で？

「なんて言うのか……お酒をお持ちした時は、釣書を折り紙にして遊んでいらっしゃいました。あの方は意外と子供っぽいところがあるんですよね」

ハロルドのチカチカ瞬《また》く赤い目が、笑みを形作る。

釣書って……え？　もしかして、お見合い？

「シリウス様、結婚、するの？」

「さあ？　そこまでは……」

ハロルドに首を傾げられてしまった。

そうよね……。でも、何故かしら？　落ち着かない。

結局、セレスティナはシリウスがいる研究室へ向かった。そうっと二重のガラスの扉越しに中を覗くと、椅子に座っているシリウスの大きな背が見えた。酒の入ったグラスを手に、もう片方の手で紙風船を飛ばしている。確かに遊んでいるようだ。

「……眠れないのか？」

突如声をかけられたので、セレスティナは飛び上がりそうになった。声はマイク越しだ。ここから中の音は一切聞こえないから、研究室は防音仕様なのかもしれない。

防犯用のカメラで気付かれたのかしら？

シリウスが腰かけていた椅子がくるりと回った。片眼鏡をかけた厳格そうな顔が柔らかくほころんでいる。最近の彼はいつもこうだ。とっつきにくそうだった最初の印象からはほど遠い。

「あ、その……」

「来なさい」

二重のガラス扉が自動で次々に開いた。おずおずとセレスティナが近寄ると、膝抱っこされる。

やっぱりこそばゆい。甘えさせ上手、なんて言葉があるのなら、きっと彼がそうなのだろう。

そうよ、甘えるのが苦手な私でも、こんな風に甘えられるんだもの。

セレスティナの耳に届くのは、心地よい、厚みのある声だ。

「魔工学の講義を、と言いたいところだが……。流石《さすが》に今はやめておくか。話し出すと止まらない。ここは、そうだな、眠れないのなら昔話はどうだ？　シャルが好むようなお伽話《とぎばなし》を……」

「シリウス様は……」

つい、口を挟んでしまう。

「ん？」

「お見合いをするんですか？」

「ああ……これかね？」

シリウスは折り紙にされた釣書を手に取った。翼竜の形に折られたそれは、シリウスが放ると空中をすいっと滑空する。子供が喜びそうな光景だが、セレスティナは落ち込んだ。

「はい」

やっぱり本当だったんだわ……

さらにずっしりと心が重くなる。

「いつまでも過去を引きずっていてもな、そう思って再婚相手になりそうな女性の釣書をデータで送ってもらったんだが、見ているうちに段々気が滅入って、こうして酒を手に遊ぶ羽目になった」

確かにいろんな形の折り紙が出来上がっている。翼竜に地竜、飛行船等々、どうやって折ったのか分からないくらい複雑な形をしているものも多い。もの凄く器用だ。

「乗り気ではない？」

「……どれも同じに見えるんだ」

「え？」

「あ、いや……区別がつかないわけじゃない。目、鼻、口のパーツの違いは分かるから、個人の識別はできる。ただ、ずらっと並んだ案山子《かかし》のように、どれも同じに感じるというか。なんとなく自覚はしていたんだが、どうも、その……、私は人の美醜の区別がつかないらしい」

驚いたセレスティナが勢いよく顔を上げると、シリウスの端整な顔が間近にあった。慌てて下を向く。シリウスが続けた。

「知人が美人不美人の話をしても、それに加われない。どちらも大した違いはないだろうと言うと、奇妙な顔をされてしまう。自分がおかしなことを言っているのだと理解できても、どこがどうおかしいのか分からないから修正のしようがない」

どこか疲れたようにため息をつく。

「ドラゴンの美醜なら誰よりもよく分かるんだがな、人は駄目だ。人の顔なんて目、鼻、口のパーツの位置が違う、くらいにしか感じない。けど、まぁ、最初の結婚が一目惚れで、見た目で選んだも同然だったから、今度は方針を変えて中身で選ぼう、そう思い立ったんだが……」

「気に入りませんでしたか？」

「気に入るか！」

折り紙と化した釣書が、シリウスの手の中でぐしゃっと握り潰された。

「なんなんだこれは！　目も当てられない！」

紙くずとなった釣書が、ゴミ箱に投げ捨てられる。

「学力の項目を見てみろ！　我が目を疑ったぞ！　魔力を持った貴族は全員！　ほぼ例外なく王立魔道学院へ通っているはずだ！　なのにこれ！　おかしいだろう！　貴族女性の頭の中身は退化しているのか？　あいつらが普段から下賤《げせん》だと見下している平民の方がよほど賢いぞ？　最前線で働いている女性の殆《ほとん》どが平民だ！　プライドはないのか！　もう一度学院へ通って勉強し直せ！」

え？　あら？　中身って……

「注目したのは頭のよさ、ですか？　性格ではなくて？」

「性格？　ああ……」

思い当たったようにシリウスが答える。

「私の性格も大概なので、そこは不問で。他の奴のことをどうこう言えない」

大真面目な顔で言われて、セレスティナは困ってしまった。

いえ、でも……

「シリウス様は素敵です、包容力があって、とても温かい……」

「ははは、君は優しいな」

シリウスに笑われ、セレスティナは口ごもる。

本当のことなのに……。本気にされていない？　変わってはいるけれど、少々ぶっ飛んでいるけれど、シリウス様はとてもとても優しい。胸を張ってそう言えるのに……

セレスティナはおずおずと説明した。

「その……貴族女性の教養は、多分、社交術やマナーに特化しているんだと思います。結婚した相手を支えるために。そう、女は一歩下がって殿方を称えなさい、幼い頃からそう教えられるんです。前へ出るな、出しゃばるなと……」

「……なんとも馬鹿馬鹿しい教えだな」

シリウスが呻くように言う。グラスの中の氷がカランと音を立てた。セレスティナが続けた。

「その……シリウス様が望むような教養は、自立を望む女性が手にするものです。ですからどうしても平民が、その基準を満たしてしまうのでしょう。王立魔道学院へ入ることのできた平民の殆《ほとん》どが、専門知識を身につけて、いい仕事につきたい、そう考えるようですから、女性であっても学ぶ意欲が旺盛《おうせい》です。結婚を前提とした行儀見習いのために、王立魔道学院に通う貴族女性とは、根本的に違います」

「……私は特別、結婚をしたいわけではない。条件に合う女性がいれば結婚してもいい、その程度の軽い気持ちだ。残念ながら今のような状況で、わざわざ平民の中から選ぶ気は起きんな」

「そもそも……もし選んだ相手が平民だと、身分差が障害になりませんか？」

シリウス様は公爵だ。王家に次ぐ……いえ、オルモード公爵家なら王家に匹敵するかも。その彼が平民と結婚。醜聞《しゅうぶん》に近い気がするわ。

だが、シリウスは興味もなさそうに言う。

「問題ない。私ならごり押しなどいくらでもできる。本当に惚れ込んだなら、平民でも娶《めと》ってみせる。ドラゴンのサマンサとどうやって結婚したと思っている？」

それは、そうよね……

「だが、今のところ、そこまでする理由がない。ごり押しはできるが、ああいった真似は何かと面倒なんだ。だから、伯爵以上の爵位で、魔力持ちの知性ある女性であればと、そう考えたんだが……そんなに難しい条件か？」

ぱらぱらとシリウス様がめくっているのは釣書よね？

セレスティナは彼の手元を覗き込む。写真の女性達は、皆美しく微笑んでいる。

シリウス様に結婚を申し込むほどだから、きっと、選び抜かれた人達だわ。でも、シリウス様は心を動かされない、そういうことよね？

「……見合い相手が、せめて君の半分でも賢ければな」

残念そうにシリウスがそう口にする。セレスティナの心臓がどくんと跳ね上がった。

「形式的な意味合いが強く、両者間の愛情を期待できないのなら、話し相手になれる女性がいい。そう考えたんだ。私が話すことを理解できる女性を、と……。同じ目線で同じ夢を語れるのならなおいいが、そこまでは要求していない。なのに、それくらいの条件がどうして満たせないのか……」

同じ目線で同じ夢を語れるのなら……

セレスティナはシリウスの言葉を胸の内で繰り返す。

それがシリウス様の望み？　あなたの理想なの？

どきんどきんとセレスティナの心臓が高鳴った。

同じ夢、ええ、夢見ているわ。シリウス様と同じ魔工技師になって、素晴らしい魔道具を作りたいと。あなたは私の理想で目標だと、自信を持ってそう言えるわ。この思いだけは紛れもなく本物よ。誰にも、誰にも負けない。

「わ、私はどうですか？」

気が付けば、セレスティナはそう口走っていた。

「ん？」

「シリウス様のお見合い相手として……」

青い目が見開かれた気がして、セレスティナはさっと視線を逸らした。

驚かれた？　あ、当たり前よ。自分がお見合い相手って……馬鹿な質問だわ。子供の戯《ざ》れ言《ごと》以外の何ものでもないじゃない。本当に私ったらどうしちゃったの？　分からないわ、分からない……

どくどくと心臓が嫌な脈を打つ。

無言の時間がセレスティナにはやけに長く感じられたが、結局シリウスは笑ってくれた。

「ははは、そうだな」

シリウスの大きな手で頭を撫でられて、セレスティナはほっとしたけれど、心中は複雑だった。

子供扱いされたことが悲しかったのだ。

「君なら条件にぴったりだ。いや、理想そのものだろう。唯一、自分の後継者にと指名したいくらいの女性だからな。ははは、そうとも！　君が大人なら喜んで求婚するだろう」

大人なら……

セレスティナはシリウスの言葉を胸の内で反芻《はんすう》する。

私はもうすぐ十六歳になるわ。あと二年もすれば、社交デビューできる十八歳よ。大人だわ！

「な、なら！」

私が十八歳になったら……セレスティナはそう言いそうになって、慌てて口を閉じる。自分は一体何を言おうとしたんだろう？　かーっと顔が熱くなる。

駄目だわ。このままだと何を言い出すか分からない。

セレスティナは急ぎシリウスの膝上から飛び降りる。

「お、お休みなさい！」

セレスティナはそう言って、後ろも見ずに駆け出した。

顔が熱くて仕方がない。部屋に飛び込んで、待っていたハロルドにお休みなさいと告げ、セレスティナは急ぎベッドに潜り込んだ。上掛けを頭までかぶって、じたばた身悶《みもだ》える。明日になったら、さっきの出来事を全部忘れていますように。そう願いながら。


「パパ、お見合いするの？」

翌日、誰から聞いたのか、朝食の席でシャーロットがそう口にし、セレスティナは危うく朝食を喉に詰まらせるところだった。ごほごほと咳き込むと、大丈夫ですか？　とハロルドが背中をさすってくれる。相変わらず甲斐甲斐しい。

「……中止だ」

シリウスが淡々と答える。

「ふーん？　再婚するなら、ちゃんとした相手を選んでよね？　誠実で優しい女性がいいわ」

スープを口にしながらシャーロットが言う。

「心配いらない。釣書は全部ゴミ箱行きにした」

もう懲《こ》り懲《ご》りだと、そう言いたげである。

「ね、もしかして、お見合いをしようって思ったのは、あの緑竜のせい？　ママと結婚するって息巻いていたわね？」

「……いいから、食べなさい」

「はあい」

シャーロットの言葉で、セレスティナは気が付く。

そうか、それで急にお見合いなんて思いついたのね。元奥様が結婚するかもしれないって聞いたから、それで……

セレスティナはシリウスに目を向ける。その佇《たたず》まいはいつも通りだ。

でも、きっと心中は……。何故かしら、胸が痛い。

「パパ、大好きよ？」

「ああ、私もだ」

シャーロットの告白にシリウスが笑う。

「お兄様は？」

「ば……いちいち、んなの言うことじゃ……」

シャーロットがため息をつく。

「ほーんと、お兄様って朴念仁《ぼくねんじん》よね。こういったことは、ちゃんと口にしないと、好きな子ができても振られるわよ？」

「どーいう関係が⁉」

「照れも度を過ぎると、嫌われるってことよ！　もう、ほらあ！」

シャーロットに促《うなが》されて、渋々イザークが口を開く。

「あー……その、父上、そ、尊敬してる」

「ほう？　ありがとうと言うべきかな？」

シリウスが笑う。

「これは本当だ。父上のことは、本当にすげーって思うよ」

「……お前は私の自慢の息子だ、イザーク」

イザークは心底驚いたらしく、勢いよくガタンと立ち上がる。

「ええ、マジか！　うっそだろ！」

「嘘など言わん」

シリウスの眉間に皺《しわ》が寄る。心外だと言わんばかりだ。

「えええ！　だだだ、だって、テストの点数見るたんびに、ため息漏らしてた！」

「それは仕方がないだろう。どうしたって泣ける」

「それでなんで自慢？」

「優れた身体能力。弱い者を守ろうとする正義感。自慢に値するのでは？」

「え？　そ……え？」

「喧嘩の理由の八割方が、人助けだろう？」

イザークが目を白黒させる中、シリウスがそう答えて笑った。

凄いわ、やっぱりよく見ている。シリウス様が子供にかける愛情はとても深いのね。

ぼけっと突っ立っているイザークに、シャーロットが言う。

「ほら、どう？　ちゃんと言葉にしないと伝わらないこともあるって分かった？」

得意げにシャーロットが笑った。イザークがすとんと椅子に腰を下ろす。

「あ、うん、そうだな……」

「ふふふ、わたくしの勝ちね」

「こんなのに、勝ち負けはねーよ」

むくれたようにイザークがそっぽを向く。

「素直じゃないわね、もう」

二人のやりとりが微笑ましくて、セレスティナは笑ってしまった。

いいな、仲がよくて羨《うらや》ましい。こんな人達と家族になれたら……

セレスティナが例の銀色の指輪をいじっていると、シャーロットが目を丸くした。

「あら？　ティナ、それ……もしかしてパパのじゃない？」

「ええ、いただいたの」

「え！　パパから指輪をもらったの？」

やけに驚かれて、セレスティナは気が付いた。気が付いてしまう。気が付かなくていいのに。異性から指輪を贈られるって……

「やっだー！　パパったら、ティナにプロポーズしたの？　あはは、パパったらやるぅ！　ティナを選ぶなんてセンスいいじゃない。いいわよ、ティナのことをお母様って呼んであげる！」

きゃははとシャーロットが笑う。冗談だと分かってはいたけれど、セレスティナは笑えなかった。身の置きどころがないとはこのことか。顔がかーっと熱くなる。同時にシリウスが口にした水を、ぶっと噴き出した。そのままゴホゴホ咳き込む。

「パパ？」

不思議そうにシャーロットがシリウスを見つめた。

「……それは通信機だ」

シリウスがナプキンで口元を拭う。シャーロットがあははと笑った。

「やーだ、知ってるわよ。以前に何度か使ったことあるもの。でも、ほら、パパは異性にアクセサリーなんて贈らないでしょ？　だから、ちょっと揶揄《からか》ったのよ。これ、ペアリングでしょう？　パパもつけているから、もうバッチリよね」

見ると、確かにシリウスの左手にも同じ指輪がはまっていた。通信機だと知らなければ、勘違いする者もいそうである。セレスティナは気恥ずかしくなって俯《うつむ》き、自分の手をさっとテーブルの下に隠した。シャーロットが再び楽しそうに笑う。

「うふふ、通信機だからペアなのは当然なんだけれど、なんか意味深って思っちゃって。――え？　あれ？　あの……、パパ？」

シャーロットは、食事の手が止まっているシリウスに目を留め、そろりと父親の顔を覗き込む。

「もしかして、その、ティナのこと、少し意識しちゃった、とか？」

「……いいから食べなさい」

滲《にじ》み出るシリウスのオーラが怖い。

「は、はあい！」

シャーロットは慌てて食事に戻った。怒られる前に逃げた、そんな感じだった。

「怒ることないと思うの」

食事を終え、子供達三人で庭に向かいながら、シャーロットが言う。

「大体、パパの好みって、ぜんっぜん分からないのよ。社交場で顔を合わせる女性には見向きもしないし？　まぁ、多分、ママに未練があったからだと思うけど、誰が綺麗かって聞いても無反応よ、無反応。なのに、時々すっごい不細工を綺麗だって言い出すから、もう、何が何やら」

「それなら……」

セレスティナがシリウスから聞いた話を伝えると、シャーロットはぽかんと口を開けた。

「え！　何それ！　人の美醜が分からない？　あ、そういえば、パパが褒めるとこって……ドラゴンの鱗とか翼とか尾っぽとか、そういうとこばっか！」

「まぁ、好みは人それぞれ？」

イザークがけろりと言う。

「そーいう問題？」

シャーロットが眉間に皺《しわ》を寄せた。

「シャルのことは可愛いって言ってくれるんだから、いーじゃんか、それで」

イザークの台詞《せりふ》に、シャーロットが地団駄を踏む。

「よくなーい！　美人かどうか分からないなら、お世辞ってことじゃないの！」

「親なんてそんなもんだろ？　大抵は自分の子が一番可愛いって思うんだから、たとえ不細工でも可愛いって言うよ。それにシャルの場合は本当に美人なんだから、問題ねーじゃん」

言い切るイザークに、シャーロットがじっとりとした視線を送る。

「……そーいうことは、恥ずかしげもなく言うわね？」

「お前相手じゃーな。恥ずかしがりようがない」

「どーいう意味よ！」

シャーロットがイザークの赤毛を鷲掴《わしづか》みにする。

「だから、いちいち人の髪を引っ張るなっつーの！」

二人で散々すったもんだしたあげく、すっとシャーロットが真顔になる。

「ね、ティナ。もしも、もしもなんだけど……パパからプロポーズされたらどうする？」

セレスティナの心臓がどきんと跳ねる。すかさずイザークが割って入った。

「な！　馬鹿言うな！　んなこと、あるわけねーだろ！　父上とティナじゃ、年が違いすぎる！」

シャーロットが考え考え言う。

「う、ん……でもさ、ほら……ティナにパパのお気に入りだし？　そういうこともあるかなーって……。それに、政略結婚がつきまとう貴族の間じゃ、親子ほど年の離れた夫婦なんてざらよ。特別珍しくもないわ」

「あー！　だったら、シャルはティナをお母様って呼ぶ気か？」

イザークが憤然《ふんぜん》と腕を組んだ。シャーロットは、ふうっとため息を漏らす。

「そこよねぇ……さっきは冗談でティナのことをお母様って言ったけど、なんか嫌」

そ、そうよね。同じ年の母親なんて……

セレスティナがどんよりとすると、シャーロットがため息まじりに言った。

「ティナにお姉様って言われなくなるの、とっても悲しいわ」

え？　そこ？

セレスティナは、目をパチパチと瞬《またた》いた。

「やっぱり、呼び方はシャルお姉様一択よね。これじゃないとしっくりこないわ」

「気にするところが、違うだろーが！」

イザークが速攻突っ込んだ。

「あら、お兄様はパパに幸せになって欲しくないの？」

「いや、んなことはねーけど……」

「だったら笑顔で賛成……」

「できるかぁ！　俺だってティナのことが……」

イザークは何かを言いかけ、慌てて口を閉じる。そして誤魔化すように、ぷいっとそっぽをむくが、勘のいいシャーロットは何かを察したようだ。

「あ、はーん……」

「な、なんだよ？」

「あらあらそういうこと。お子ちゃまだと思っていたけど、やるじゃない」

シャーロットが、背後から抱きつくようにしてイザークに顔を寄せる。

「だから、なんの話だよ！」

「んっふっふっ、そーいうことなら、応援してあげてもいいわよ？　ティナの気持ち次第で」

「……ティナの気持ち次第？」

「あら、だって、ティナの気持ちが最優先だもの。ティナがどっちを好きになるかで、応援する方向が変わるわ。当然でしょ？」

「……父上を好きになるって言いたいのか？」

「そうね。ほら、よーく考えてよ。パパは素敵だって思わない？」

シャーロットがイザークの耳元で囁いた。

「パーティーに出れば、パパは注目の的よ。三十四歳だけど二十代に見えるじゃない。持っている魔力が膨大だから、老化が遅いのよ。よく言うでしょ？　偉大な魔法使いは長生きだって……」

くすくすと楽しそうに笑う。

「パパってば絶対、人間の中では長寿よ。年の取り方もゆっくりのはず。そう考えると逆に、今くらい年に開きがある方がいいんじゃないかしら？　ティナが素敵な大人の女性になる頃には、きっとお似合いの夫婦になっていると思うわ」

シャーロットが、今度はうふふと意地悪く笑う。

「だ、か、ら、頑張って？　見た目のよさなら負けてないから。お兄様も十分格好いいわよ？」

イザークが訝《いぶか》しげな顔をした。

「……俺を褒めるなんて気色悪いぞ？」

「あーら？　へこませすぎたら、つまらないでしょ？　恋に障害はつきものよ。それに、大好きなパパでも、あっさりティナを取られちゃうのはしゃくだもの。わたくしの可愛い可愛い妹なんだから。せいぜい頑張ってちょうだいな？　さ、ティナ、行きましょう？」

ぱっとイザークから離れると、シャーロットはセレスティナの手を取って歩き出した。


午後はいつものように庭園でお茶会だ。

セレスティナはそわそわして、書き物をしているシリウスにちらりと目を向ける。そう、いつものように彼も参加している。こうして見る限りシリウスの様子に変化はない。

もしかして、気にしているのは私だけだった？

セレスティナは紅茶を口にし、なんとも言えない気持ちに襲われる。

それもなんだか悲しい……。でも、これって我儘《わがまま》よね。よそよそしくされれば落ち込むくせに、態度が変わらないと寂しいだなんて……

書き物をしているシリウスの手にふっと目が行く。

今日は手袋をしていないのね、珍しい……。相変わらず綺麗な手だわ。器用だから、よけいにそう見えるのかしら？

じっとシリウスの手に見入っていると、イザークが身を乗り出した。

「父上、さっきっから何を書いているんだ？」

すかさずシャーロットが止める。

「お兄様、駄目よ。パパったら、また何か思いついたんだわ。こうなるともう、こっちの言うことなんかろくすっぽ聞いてないわよ」

「……魔道具の設計？」

「そーいうこと」

魔道具の設計と聞いて、セレスティナは俄然《がぜん》興味が湧き、身を乗り出した。目にした図案に、思わず目を見張る。シリウスが書いているのは、魔道具の原案だ。設計図のもとになる最初のアイデアである。けれど、その緻密さといったらなかった。これだと既に設計図として通用しそうである。

外観はステッキ？　多分、それを模倣したものだわ。効果は……もしかして、空間操作？

シリウスが書き記していく魔道数式に、セレスティナはそんな印象を受ける。

素敵だわ。

セレスティナはぼうっと見惚《みと》れてしまう。複雑精緻《せいち》な機器の仕組みもさることながら、それを動かす魔工式の組み立て方が目を見張るほど美しい。矛盾のない天の理《ことわり》を見ているかのよう。

一心不乱に原案を描いているシリウスに目を向けると、片眼鏡をかけた端整な顔は真剣そのもの。とくんとセレスティナの心臓が高鳴った。もし、情熱というエネルギーを視覚化できるのなら、きっと美しい色をしているだろう。そう、今の彼のように……

セレスティナは目を細めた。心臓がどきどきと高鳴っている。

素敵、素敵、素敵……。私も、私もやってみたいわ。

「ね、ハロルド、ちょっといい？」

魔道具の設計図の描き方など教わってもいないのに、どうしても原案を描いてみたくなった。セレスティナは紙とペンをマジックドールのハロルドに用意してもらい、見よう見まねで思いついたアイデアを描いてみた。

空飛ぶ靴なんてあったら面白いわ。魔道力学によって生み出される反重力の仕組みを利用すれば、空気を踏むように空中を歩くことも……ああ、でも、これだと空高く、は無理かしら。もうちょっとこう……

夢中になっていて、セレスティナは気が付かなかった。シリウスの手が止まり、こちらを覗き込んでいることに。

ふっと顔を上げると、片眼鏡をかけた青い瞳とばっちり目が合い、セレスティナは急に恥ずかしくなった。自分が描いたものなど子供の落書きと変わらない。見よう見まねだから、魔工式の組み立て方も機器の仕組みもお粗末だ。

駄目、笑われちゃう！　シリウス様の設計図と比べたら月とスッポンだわ！

「ごめんなさい！」

「何故謝るんだ？」

シリウスが心底不思議そうに言う。

「その、だって！　こんなの、子供の落書きみたい！」

「ははは、まさか。大丈夫、見せてみなさい」

そう言われて、セレスティナはくしゃくしゃに丸めてしまった紙を、おずおずと差し出した。丸めた紙を伸ばし、しばらくじっと見入っていたシリウスが言った。

「……作ってみよう」

シリウスの提案にセレスティナはびっくりした。

「これをもとに設計図を作り、試作品を作るんだ。ああ、もちろん私が手伝おう」

「で、でも、あの！」

「失敗してもいい。失敗の中から学びなさい。成長はそうやってするものだ」

セレスティナの尻込みなど、シリウスは一蹴してしまう。差し出されたシリウスの手はひどく魅惑的で、セレスティナは結局、その手を取った。魔道具を作る研究室は地下にあるらしい。昇降機に乗って連れていかれたのは、巨大な地下空間だった。セレスティナは目を見張る。

凄い、凄い、凄ーい！

そこここに見たこともない魔道具が溢《あふ》れていた。シリウスが一歩歩くごとに、眠っていた魔道機器が次々に目を覚まし、動き出す。ピカピカ光るパネルに操作盤、細かな部品を取り扱う精密機器等々。眠っていたマジックドールもまた目を覚ましたようで、ウインという起動音と共に、顔にある黒いディスプレイの中にハロルドと同じ赤い目が瞬《またた》いた。

そうよ、シリウス様の研究室だもの。最先端の、ううん、それこそ誰も見たことのない技術が集結しているに違いないわ。

「さ、ここへ座りなさい」

腰かけたセレスティナの前には、光り輝くスクリーンと操作パネルがある。普段はこれを使って設計するらしい。でも、今回それは使わないと言う。

「これを思い通りに動かせるようになるには時間がかかる。なので今回はアナログ方式でいこう」

シリウスが教えてくれたのは、ペンと紙を使って製図する方法だ。最初の図案をもとに設計図を書き起こし、魔道具製作へと移る。

セレスティナが研究室にこもり始めると、シャーロットとイザークも興味を示し、ちょいちょい研究室に顔を出した。そして、できそうな雑用を引き受けてくれる。シリウスはその光景に目を細めた。どうやら子供達と一緒に魔道具を開発したいという夢があったらしい。

――夢がかなった気分だ。

魔道具製作の合間に、シリウスがこっそりそう教えてくれた。

設計図が形になったのは二十日後だ。シリウスの助力もあって、信じられないスピードで試作品が出来上がった。念願の空飛ぶ靴を履いたセレスティナは浮かれた。

「浮いたわ！」

僅《わず》か数センチ浮いた程度だ。空飛ぶ靴などとはとても言えないお粗末なものだったけれど、思い通りの効果を生んだことが嬉しくて、セレスティナははしゃぎまくった。そのまま歩こうと一歩踏み出した途端、バランスを崩してひっくり返る羽目となる。

ぼすんという柔らかな感触は、背後にいたシリウスが受け止めたから。セレスティナの体がスッポリとシリウスの体に収まっている。恥ずかしさで顔がかぁっと熱くなった。

ごめんなさぁい！　とセレスティナは急ぎ謝った。

浮くことばかりに気を取られて、バランスを取ることを忘れていたんだわ。そうよ、人が歩く場合、体重移動があるのだから、それを考慮に入れなくちゃいけなかったのに……これじゃあ、駄目だわ。歩くたびに転ぶ靴なんて目も当てられない。なのに……

「試作品第一号だ。ははは、素晴らしい！」

シリウスは大喜びだ。セレスティナを背後からぎゅうっと抱きしめる。

「ティナ、ティナ、私のティナ」

本当に君が大人だったら……セレスティナはシリウスのそんな囁きを聞いた気がした。

夜になっても、セレスティナはシリウスの声が忘れられない。どうしても気になってしまう。

私のティナと、確かにシリウス様は、そう言ったわ……

「ティナ、どうしたの？」

シャーロットの声ではっと我に返った。今二人がいる場所はセレスティナにあてがわれた客室だ。

「う、ううん、なんでもないわ」

「で、これが試作品第一号？　よく作ったわね」

シャーロットが例の靴を持ち上げて、笑った。

「失敗作よ」

「何言ってるの、上出来よ。ティナはね、まだ王立魔道学院に入ってもいないのよ？　魔工学の基礎すら学んでいないじゃない。それでこれって凄いわ！」

「ね、シャルお姉様」

「何！　なんでも言って！」

シャーロット様の目が爛々《らんらん》と……。やっぱりお姉様と呼ぶと食いつきが凄いわ。

「私のシャルお姉様って言われたら、どんな風に感じるかしら？」

セレスティナが問うと、シャーロットがもじもじと恥じらった。

「ええ～、なにそれぇ～、私の？　いや～ん、ティナったら独占欲丸出しぃ」

「独占欲……」

「だって、自分のものだって主張しているじゃない。なになに？　そんなにわたくしのこと、独り占めしたいの？　うふふ、可愛いわぁ……」

シャーロットにつんっと頬をつつかれる。

独り占め……シリウス様が？

「あー、顔赤くなったぁ！　んもう、ティナったら、可愛い！　食べちゃいたい！」

シャーロットに抱きつかれ、二人一緒にベッドへ潜り込み、あっという間に夢の中だ。

別荘にいる間は魔道具の研究を続け、空飛ぶ靴の性能はどんどん上がっていった。セレスティナにとっては珠玉の時間だったけれど、やはり終わりはやってくる。

「ティナ」

「ひゃい！」

帰宅が迫ったある日のこと。別荘の廊下でシリウスに呼び止められて、セレスティナは飛び上がりそうになった。ドキドキする胸を押さえる。

シリウス様に名前を呼ばれると「私のティナ」と呼ばれたことが蘇《よみがえ》るから……意識しすぎよね。

「帰宅時にはハロルドを連れていきなさい」

シリウスにそう言われ、セレスティナは戸惑った。

「え？　でも……」

「連れていくんだ。マジックドールの構造を勉強中だろう？」

有無を言わさぬ例の迫力だ。

「それと、何かあった場合は、私に必ず連絡をすること、約束できるか？　でないと君を家に帰すことはできない」

「は、はい……」

セレスティナが素直に頷くと、シリウスはようやく安心したように笑った。

「君の妹は問題だな。まぁ、一番の問題は君の両親だが……」

最後にシリウスがぽつりとそう言った。

「えー？　ティナ、本当に明日、帰っちゃうの？」

セレスティナにあてがわれた客室で、シャーロットは口をとがらせた。身につけているのはお揃いのピンクのネグリジェだ。ここ最近、ずっと一緒に寝ている。

「ええ、その……ごめんなさい」

セレスティナは身を縮めた。

本当はこのままここにいたい。でも、きちんとけじめをつけないと……。このままだとずっと両親の愛を期待してしまいそう。実の両親に愛されていないなんて思いたくなくて、必死に現実から目を逸らしていた。いらない子だと言われたくなくて……

でも、もう逃げないわ。実の両親が愛してくれなくても、私にはシリウス様がいる、シャーロット様がいる。イザーク様も……。ここでの生活が私に勇気をくれた。怖くなんてないわ。きっと笑顔でお別れを言ってみせる。

「ううん、謝らなくていいわ。逆にパパに怒られちゃう。無理強いするなって言われているもの。あ、そーだ。ね、ティナはさ、好きな男の子とかいる？」

シャーロットに問われて、どきりとなった。シリウスの顔が思い浮かび、顔がかーっと熱くなる。

駄目だ、やっぱり、やっぱり私は……

シャーロットが身を乗り出す。

「あ、いるのね？　パパは無理でも、お兄様はどうかなって思ったのよ。養女じゃなくても婚約者なら、ほら、ティナと家族になれるでしょう？　あ、でも、お兄様と結婚じゃ、ティナがお姉様になっちゃうわね……。なら、やっぱり養女の方がいいわ」

「いえ、でも、イザーク様じゃあ、私は相手にされないと思うわ」

セレスティナがそう言うと、シャーロットがきょとんとなった。

「何言ってるの。お兄様はティナに気があるわよ」

「え……」

セレスティナは目を丸くした。初耳、というか寝耳に水である。

「やっだぁ！　本当に気が付いてなかったの？　お兄様ったら可哀想！　モテるのに、気に入った女の子には振り向いてもらえないって、超不憫！　でも、現実ってこんなものよね！」

シャーロットがけたけたと笑う。

「え、でも……」

「どう？　お兄様はティナのタイプ？」

「格好いいと思うわ」

かけ値なしにそう思う。イザーク様は無愛想だけど優しい。

「ティナの好きな人よりも？」

そう問われて、セレスティナは黙り込んでしまう。

だって、比べられないもの。どんなに格好いい人と比べても、多分、シリウス様にはかなわない。

「えー？　あらあ？　お兄様よりも格好いいの？　それは凄いわ」

シャーロットに顔を覗き込まれて、心底困ってしまった。

「お兄様はモテるわよ？　公爵家の跡取りのうえ、見た目もいいものね？　無愛想なのが難点だけど、そこがまたいいって子も多いの。恋バナでも結構話題になるわ。あ、そうか！　ティナの好きな人って、お兄様より頭がいいとか？」

こっくりと頷くと、シャーロットは笑い転げた。

「あははははははは！　ご愁傷《しゅうしょう》さま！　それぱっかりはどうにもならないわよねぇ！　でもティナのためなら勉強頑張るかしら？　赤点脱出くらいならできるかも？」

ひとしきり笑い終えると、ずいっと身を乗り出した。

「で、誰なの？」

シャーロットにずばり切り込まれて、セレスティナは狼狽《うろた》えた。

「ティナの好きな人よ。わたくしの知っている人？」

「え、その……」

「ほらほら白状しちゃいなさい。お姉様が相談に乗ってあげるわよ？　恋のキューピッド役ならシャルお姉様にお任せってね！」

きらきらとした目は、ただそれだけで圧を感じさせる。

ど、どうしよう……。驚くわよね？　それともやめた方がいいって言われるかしら？

心臓の鼓動がドキドキと鳴りやまない。

「その……シャルお姉様もよく知っている人、よ」

セレスティナがそう口にすると、シャーロットの目がさらに輝いた。

「え？　よく知ってる人？　誰誰誰？　あ、同じ公爵家令息かしら？　それとも王家？　でもそこらへんだと、ちょっとハードル高い？　侯爵家くらいならいける？」

ふるふると首を横に振ると、シャーロットが焦《じ》れた。

「えー？　教えて？　ほら、ね？」

どうしよう。どうしよう。どうしよう……

「シ、シリウス、様」

顔を真っ赤にし、蚊の鳴くような声で白状すると、シャーロットが、ん？　というような顔をする。セレスティナはそれを直視できず、俯《うつむ》いた。やがて、シャーロットがぽつりぽつりと言った。

「シリウス……。ええっと、わたくしが知っているのは、一人だけ、だけど？　同じ名前の令息、どっかにいたかしら？」

「シャルお姉様が思い浮かべた人で、多分、あっていると思うわ」

もう、ここは押し切るしかない。

再びしんっと静まりかえる。

「え？　本当、に？　本当に、ティナの好きな人って、パパ、なの？」

セレスティナがこくんと頷くと、シャーロットは盛大に驚いた。

「えーーーーーーーーーーーー!!」

そ、そうよね。驚くわよね。

「いや、ちょ、ちょっと待って？　た、確かに以前、そういった話をしたけど！　それはパパの立場に立ったからで、ティナの立場に立っていないから！　と、年が！　ああ、これは禁句ね。じゃ、じゃあ、言っちゃうけど！」

ずずいっと、シャーロットが身を乗り出した。

「ティナ、あれ、ぶっ飛びすぎてる！　そこんとこ、まず理解して！」

そう叫び、こんこんと諭《さと》すように言う。

「パパはね、常識人に見えて非常識なの！　寛容に見えて、むちゃくちゃ心狭いし！　拳一つで岩山粉砕する戦闘服を、さらっと作っちゃうのよ？　さらっと！　それも、惚れた女に振り向いてもらうためだけに！　国のためとかじゃないから！　全部自分のためだから！」

惚れた女に振り向いてもらうため？

セレスティナが不思議そうな顔をしたのか、シャーロットが説明してくれた。

「あの、ぶっ飛びパワードスーツの製作秘話をすると！　あれね、ママにプロポーズするためだけに作ったの。国の防衛のためとかじゃないから！　もちろん、スーパーヒーローになりたかった、なんて理由でもないから！」

シャーロットが拳を握り、力説する。

「パパがママに最初プロポーズした時に、弱っちい人間なんていやーって、ママに言われたから、じゃあ、強いところを見せればいいって、筋力爆上がりするパワードスーツを開発して、竜王国ドルトランの岩山を拳で粉砕してのけたの！　で、その場でママのハートを射止めたってわけ。ラブラブだった頃、ママから何度も聞かされたのろけ話よ。今となっては泣ける話だけれど。こんな奴いる？　いないいないいないいない、絶対いない」

「でも、優しいわ……」

セレスティナがそう指摘すると、シャーロットが額を押さえた。

「あー、うん。そこだけは否定しないでおいてあげる。確かにパパは優しいわ。わたくしも大好きよ？　でも、あれに恋しちゃうって……。流石《さすが》のわたくしも、パパのような人を恋人にしたいとは思わないのよねぇ……。ティナ、凄いわ、別の意味で」

そこで、ふっと思いついたように、シャーロットが言う。

「なら、そうね。パパと婚約しちゃえば、ティナと本物の家族になれるってこと？」

え……

「ちょっとパパに相談……」

「待ってぇ！」

上掛けを羽織り、颯爽《さっそう》と部屋を出ていこうとしたシャーロットを、セレスティナは慌てて止めた。

「あら、パパと婚約は駄目？」

「じゃなくて！　ご迷惑だわ！　年が、じゃなくて、ええっと！」

返答にもの凄く困るわ。ど、どうしよう……

「ティナはいいの？　このまま放っておいて。パパはモテるわよ？」

シャーロットに顔を覗き込まれて、セレスティナは狼狽《うろた》えた。

「ほらぁ、考えてもみて？　ちょっと前だって、お見合いしようとしていたし？　もたもたしていると、誰か別の人と結婚しちゃうかもよ？」

あ……

セレスティナの顔を見て、シャーロットがうふふと笑う。

「ね？　分かった？　ここは一つ、シャルお姉様に任せなさい。一肌脱いで……」

「待ってぇえ！　シリウス様の気持ちが！」

再び歩き出そうとするシャーロットを止めた。

「だから聞いてくるのよ」

「以前……聞いたら、その……大人だったらって、そう言われたわ……」

顔を赤くしたまま、セレスティナがそう告白する。

「え！　聞いたの！　パパのお嫁さんになりたいって？　ティナったらやるぅ！　あ、それで、パパの様子がおかしかった？　あ、はーん、これは脈ありね」

シャーロットが、にやりと笑う。

「よっし！　これなら難しくないわ。言質《げんち》を取ったも同然よ！　パパと婚約しましょう！　結婚は大人になってからにすれば問題ないわ！　そうしたら一緒に住めるわね！　家族になるんだものね！　あ、パパと結婚しても、わたくしのことは、シャルお姉様って呼んでね？」

うふふとシャーロットが可愛らしく笑う。セレスティナは慌てた。心底慌てた。

シャーロット様が暴走しかかってるぅ！　た、助けてぇ！

「駄目だ」

引きずられるようにして研究室へ行くと、シリウスにあっさり却下され、セレスティナは胸を撫で下ろす。けれど、心中は複雑だ。ほっとしたような、がっかりしたような……

「えー？　どうしてよ！」

椅子に腰かけているシリウスを前に、シャーロットは不満げに地団駄を踏む。

「パパだって、ティナが好きでしょう？　なのにどうして？」

「ティナがまだ子供だからだ」

ふいっとそっぽを向かれてしまう。

「好き嫌いに大人も子供も……」

「いいから、聞きなさい」

真剣な顔でシリウスが身を乗り出した。

「子供が思い描く憧れと大人の恋愛感情は違うんだ、シャル。だからこそ精神的に未熟なティナが、現時点で私に好意を寄せたとしても、心変わりをすることは十分考えられる。むしろそうなる方が自然なんだ。その場合どうする？　婚約解消に動くか？　私は簡単にそれを阻止できるぞ？」

「阻止って、でも……」

「大人の怖さを理解しなさい。大人は自分の都合で動く」

シリウスが眉間に皺《しわ》を寄せる。

「お前達は視野が狭い、感情も未熟。目標に向かって純粋に突き進む姿は素晴らしいが、純粋すぎるのは諸刃《もろは》の剣だ。それこそ夢と現実の乖離《かいり》に苦しむことになる」

シリウスが、ふうっとため息をついた。

「……ティナ、正直に言おう。私は君が大切で、大人になったら結婚を視野に入れてもいいと、そう思っている」

シリウスの告白に、セレスティナの心臓が跳ね上がる。嬉しさで。

「いや、むしろそうしたいと切望するほどだ。君の中に眠る可能性はそれくらい魅惑的で、心引かれる。君が描いた設計図を見た時、私がどれほど歓喜したか分かるか？　ああ、私と同じだと直感した。得がたい魂の片割れだと……だからこそ、私との婚約はやめた方がいい。絶対に君を手放せなくなるから」

「手放せなくなる……」

セレスティナはシリウスの言葉を繰り返す。

「そう、私は執着心が強いんだ、ティナ。手に入れた者を簡単に手放せるほどお人好しでもない。サマンサの時だって素直に解放してやればいいものを……。それができずに群がる男どもを蹴散らした。彼女が泣いてやめてくれと言うまで。そこまで追い詰めた。君は以前、私を優しいと言ったが……優しい？　そうかな？　優しい人間はこんな真似はしない」

シリウスが自嘲気味に笑う。

でも、優しいわ。シリウス様は、とてもとても温かい。

「君はまだまだ知らないことが多すぎる。大きな世界を知りなさい、学びなさい。そして成長し、その心で未来を選び取って欲しい。今からたった一つの未来に縛られるなど、実に愚《おろ》かだ」

「……それが、シリウス様の望みですか？」
「そうだ」

「なら……そうします。大人になって、その時に改めてシリウス様に求婚します。十八歳で社交デビューしたその時に……」

青い目が見開かれる。セレスティナはそこから視線を逸らさなかった。どのくらいそうしていたか、シリウスは笑った。苦笑に近かったけれど。

「はは、そうか……まったく、君という子は……来なさい」

膝の上に抱き上げられ、きつく抱きしめられる。

「ティナ。愛している。だからこそ、養父として見守らせて欲しい。君の成長を誰よりも間近で見守りたい。高く高く飛翔する鳥をこの目で見てみたい」

「ええ、きっと飛翔してみせます。そして戻ってくるわ、必ず……」

シリウスの胸に顔を埋めて、セレスティナも抱きしめ返す。

心変わりなんてしないわ。絶対にシリウス様との未来を選び取ってみせる。

そう決意を込めて。

第四話　ジーナの癇癪《かんしゃく》

「こんなの、いやぁ！」

自室の鏡を見たジーナが金切り声を上げる。

そこにはつるつる頭になったジーナがいた。両親の頭に湧いたシラミがジーナに移り、かゆさで毎晩頭をかきむしるジーナを見かねた両親が、自分達と同じように彼女の全身の毛を剃《そ》って、つるっつるにしてしまったのだ。まさにタコのような風貌である。かつらをつけたこともあったが、そこにもシラミがつき、爆発的に増えてしまう。

結局、ジーナはこんな風に女の子にあるまじき姿で生活する羽目となった。眉毛だけは化粧で描いているけれど。ジーナはぐずぐずと鼻をすすり上げる。

「あんた達！　笑っているんでしょう！　生意気だわ！　いいわ、笑いなさいよ！　あんた達なんか、全員首にしてやる！」

そして、ことあるごとにこうして使用人達に当たり散らして、手がつけられない。

「お姉様はどこにいるの！　お姉様も当然剃《そ》るのよね！」

そう言って母親のメリッサに迫ると、困り果てた顔をされた。

「セレスティナはここにいません」

メリッサの答えにジーナは口をへの字に曲げる。

「なんで？　どうしてよ？　ずーっといないじゃない。どこにいるの？　呼び戻してよ。伯母様はいなくて清々するっておっしゃっていたし、私もいない方がいいって思っていたけど、私だけなんてずるいわ。お姉様の髪も切ってやる！　さっさと呼び戻して！」

「できませんよ……」

母親のメリッサがため息をつき、ジーナはむくれた。

「ねぇ、お母様！　お姉様はどこにいるの？　教えてよ！」

「……オルモード公爵閣下の別荘に招待されたんですよ」

「え……オルモード公爵様？」

ジーナは、ぽかんと立ち尽くす。

「な、なんで？　どうしてオルモード公爵様の別荘に、お姉様が行くの？　公爵様は私のお誕生日会にも来てくださらなかったじゃない。なのになんで？」

そう、ジーナの十五歳の誕生日会が先日あったのだ。なのに、招待状を送ってもシリウスは姿を見せなかった。十四歳の誕生日の時も同様である。両親は忙しい方だからとジーナを宥めたが納得できず、姉のセレスティナに意地悪を言って、憂《う》さを晴らした。

なんと、ジーナは両親に頼んで、セレスティナの誕生日会の招待状をシリウスに送らせないようにしていたのだ。そして、陰気なお姉様のところに来るはずがないと嫌みを口にし、落ち込むセレスティナを見ては溜飲を下げた。

そして、今年こそはとジーナは張り切ったが、シリウスはやはり姿を見せずじまいである。

素敵なプレゼントをもらったら、ありがとうと言って、可愛く抱きつくつもりだったのに……どうして来ないの？

十五歳の誕生日会当日、そんな不満でジーナの心がいっぱいになった。

ジーナは甘え上手だ。どうすれば大人が喜ぶかをよく知っていて、見た目が嫌でも気に入らなくても、たくさんのご褒美をくれそうな大人にはおべっかを使う。

けれど、シリウスにそのおべっかは必要なかった。ばっちりジーナの好みだったからだ。シリウスの姿を思い浮かべるだけでため息が漏れるほど。

一度ちらっと見ただけだけれど、公爵様はびっくりするくらいハンサムな人だったわ。精巧に作られたビスクドールのようだった。だから喜んでキスをするつもりだったのに。そして、うんと甘えて可愛がってもらうつもりだった……

――ねえ、伯母様、可愛い？

十五歳の誕生日会直前。髪を結い上げ、ピンクのドレスで綺麗に着飾ったジーナは、上機嫌でくるりと回ってみせる。

――ああ、可愛いとも。ジーナは誰よりも可愛いよ。

伯母のブレンダがそう言って笑う。伯母のブレンダは姉の誕生日会には参加しないが、ジーナの誕生日会には必ず参加する。

――お姉様にも見せびらかしたいわ。どこにいるのかしら？

ジーナがそわそわすると、真っ赤なルージュを塗ったブレンダが顔をしかめた。

――ああ、やめとくれ。あんなチンクシャ、いない方が清々する。大事なお前のお誕生日会に、あんなみっともない娘を参加させたら、いい笑いものさ。物置にでも閉じ込めておけばいい。

伯母の言い草に、ジーナはコロコロと笑った。

――嫌だ、伯母様ったら。お姉様が可哀想。でも、そうね。引き立て役にちょうどいいって思っていたけれど、いない方がいいわね。だったら、そうよ！　台所で皿洗いでもさせればいいんじゃないかしら。陰気なお姉様にはお似合いだわ。

そう言ってジーナは、あははと伯母と一緒に笑い合った。あの時は最高に愉快だった。

けれど突如、大量のネズミが湧き、誕生日会は中止へ追い込まれたのだ。驚いたなんてものじゃない。ごちそうにたくさんのネズミが群がり、招待客はみんな悲鳴を上げ、あちこち逃げ回った。

ジーナも伯母のブレンダも例外ではない。二人ともネズミは大っ嫌いだったのだ。

――ネズミいやーーーーー！

髪を振り乱して、ジーナが泣き叫ぶ。

――ジェームズ！　なんとかおし！

伯母のブレンダが、義弟であるスワレイ伯爵に向かってそうがなりたてるも、どうなるものでもない。招待客と一緒になって、スワレイ伯爵もまたネズミの大群に追い回されていたのだ。

ネズミから逃げ回り、誰もがヘトヘトになった頃、パーティーはようやくお開きになった。涙でぐしゃぐしゃになった顔で、ジーナは立ち尽くす。ショックが過ぎると、猛烈な怒りが湧いてきた。

どうしてこんな目にあわなければいけないの！　オルモード公爵様からの贈り物は手にできず、お誕生日会はネズミの大群に台無しにされたわ！

腹を立てたジーナはセレスティナの部屋に入り込み、彼女のドレスをハサミでめちゃくちゃにした。セレスティナが泣き叫ぶ様子を思い浮かべ、ようやく高ぶったジーナの気持ちが和らぐ。

ふふ、いい気味。

ジーナがほくそ笑んだ、まさにその夜のこと。

チューチューというネズミの声を怪訝《けげん》に思う間もなく、全身を猛烈なかゆみに襲われたジーナは、跳ね起きた。蜂蜜色の髪をかきむしると、ボロボロとシラミが落ちる。手の中でうごめく虫を目にしてジーナは卒倒してしまい、その後のことはよく覚えていない。

――ジーナ、ごめんなさい。

――お母様のばかぁ！　許さないんだから！

ジーナがメリッサに枕を投げつける。繁殖力が異様に強いのに、何故かこれまで被害にあっていたのはスワレイ伯爵夫妻だけで、使用人には一切うつらなかったから、油断してしまったと母親が言った。どうやらこの日、スワレイ伯爵邸に泊まった伯母のブレンダにもシラミが移ったらしい。

その後、ジーナが自分のクローゼットを開けると、ドレスがめちゃくちゃになっていて、呆然とした。ネズミに囓《かじ》られたらしく、ボロボロである。セレスティナのドレスを台無しにした光景と酷似していて、ジーナはぞっとした。まるで自分の所業が神様にバレたのでは、と思うような有様だった。

そして今現在、セレスティナがシリウスの別荘に招待されたと聞き、ジーナは怒り心頭だ。

「なんで？　どうしてお姉様一人だけ、いい思いをするの？　ジーナはこんなにひどい目にあったのにぃ！　お誕生日会はネズミで台無しになるし、頭にはシラミが湧いたわ！　なのになんで、なんでお姉様だけ、あんな素敵なブレスレットをもらえたの？　なんで公爵様の別荘に招待されたの？　ずるい、ずるい、ずるいぃ！　こんなのおかしぃ！　ジーナの方が可愛いのにぃ！」

母親であるメリッサの服を引っ張り、ジーナは泣き叫んだ。

「ねえ、お母様！　お姉様がオルモード公爵様の別荘に行ったのは、ジーナの代わりでしょう？　ジーナが行くはずだったのよね？　そうなんでしょう？　そうに決まってる！　それをお姉様が横取りしたんだわ！　ジーナが行くはずだったのにぃ！　ひどいひどいひどい！」

母親のメリッサは閉口したらしく、侍女に世話を丸投げした。

「ああ、もう、おやつをあげてちょうだい」

「は、はい、かしこまりました」

メリッサがその場から立ち去り、世話役の侍女におやつのケーキを出されても、ジーナはむくれたままだ。鏡を見ると髪のない間抜けな自分の姿が映り、なお腹立たしい。

こんなのおかしい。どう見たって私の方が可愛いもの。オルモード公爵様だってそう思うに決まってる。なのに……

「お姉様が私の悪口を公爵様に吹き込んだのよ。絶対許さないんだから……」

ケーキにぐっさりフォークを突き立て、ジーナはそう呟いた。

第五話　最狂公爵閣下はかくのごとし

オルモード公爵家の別荘からスワレイ伯爵邸に戻ったセレスティナは、唖然《あぜん》となった。玄関ホールで出迎えてくれた父親と母親の髪がなかったのだ。母親はスカーフを頭に巻いていたけれど、髪がないのは丸分かりである。一体何があったというのか……

セレスティナが言葉なく両親に見入る中、父親のスワレイ伯爵がシリウスに挨拶をした。

「オルモード公爵閣下、お世話になりました」

「……例のものは届いているな？」

シリウスにそう問われ、スワレイ伯爵が頷く。

「ええ、はい、指示された通り、セレスティナの部屋へ運びました……でも、あれは？」

「贈り物だ。十六歳の誕生日プレゼントだと思ってもらっていい」

セレスティナの誕生日まであとひと月と迫っている。

「いえ、ですが……」

「ティナ」

セレスティナに目を向けたシリウスの顔がふわっとほころぶ。

「ドレスを新調しておいた。全て普段着用だ。夜会用はまた改めて贈ろう」

セレスティナは驚いた。

「え？　でも……」

「部屋にあるドレスは全て君のものだ。ああ、君の妹には指一本触れさせないから安心したまえ。そうだな？　スワレイ伯爵？」

シリウスが目を向けると、スワレイ伯爵の背筋がびしぃっと伸びた。

「は、はははははい！　もももちろんですとも！」

シリウスが口の端を歪めて笑った。やたらと凄味のある笑みである。

「それでいい。もし、お前達の監督不行き届きで、妹が彼女の衣装に手を触れたり、ましてや、そう、切り裂いたりすれば、今度は家族揃って素っ裸で表通りを歩く羽目になるぞ？　布地一枚手に入らなくなると覚悟しろ？」

「も、もももちろん！　重々承知しております！」

「ティナ、部屋に用意したドレスは君のために仕立てたものだ。受け取りなさい」

そうシリウスに囁かれ、頷くしかない。

「あの、ありがとうございます」

おずおずとお礼を言うと、シリウスの顔が再度ほころんだ。そこへ、妹のジーナの声が響き渡る。

「お姉様だけ、なんで無事なの！」

聞き覚えのあるキンキン声に振り返ると、思った通りジーナがいたが、これまたセレスティナは唖然《あぜん》としてしまった。両親と同じように髪がなかったのだ。ジーナの可愛い顔が台無しである。セレスティナが傍にいた侍女に視線を向けると、説明してくれた。

「その、シラミが……」

「シラミ？」

「ええ、はい、シラミです。お嬢様がオルモード公爵閣下の別荘へ行かれた翌日、旦那様と奥様の頭にシラミが湧きまして、それがジーナ様にもうつったようです。それで、かような有様に……」

「ジーナはこんなにひどい目にあったのにぃ！　ずるい、ずるい、ずるいぃいいいい！」

「スワレイ伯爵？」

シリウスが声をかけると、父親のスワレイ伯爵が弾かれたようにジーナの前に立ち塞がった。

「こら、ジーナ！　よしなさい！」

セレスティナに掴みかかろうとしたジーナを、スワレイ伯爵が羽交い締めにする。

「だって、だって、だってぇ！　ジーナの髪がないんだもん！　お姉様も切るべきだわ！　お父様もそう思うでしょう？」

「オルモード公爵閣下がいらっしゃっているんだ！　騒ぐんじゃない！」

ジーナはシリウスの姿を認め、ぱあっと顔を輝かせた。

「公爵様はジーナを迎えに来たのね？」

ジーナがそう言って、前へ出ようとする。セレスティナは眉をひそめた。スワレイ伯爵ががっちり掴んでいたから無理だったようだけれど、どうも見ても甘える仕草だ。シリウスに熱い視線を注いでいるジーナの頬は桜色に染まっている。

それを見たセレスティナの胸が波打った。

なんだろう？　嫌で仕方がない。まるで砂を呑み込んだかのよう。いつも目にしている通りなら、ジーナはシリウス様に抱きついて、頰にキスをしていたはず。

そんな想像にセレスティナは不快感を覚え、さっとシリウスの前に立ってしまった。自分の体では大きな彼の姿を隠すなんてできないけれど。

ジーナが、もじもじと恥じらった。

「ええっとぉ……公爵様はとってても素敵です。迎えに来てくださってとってても嬉しいです。あの、出かける用意をしてきますので、待っててもらえますか？」

「ジーナ、お前、何を言って……」

「……別荘に招待されたのは、自分だと思い込んでいるのよ」

困惑するスワレイ伯爵に、メリッサがひそひそと囁いた。

「はあ？　なんでそんな勘違いを？」

「今までセレスティナを可愛がる人がいなかったせいじゃないかしら。贈り物だってなんだって優先されてきたのはジーナだもの。だから当然自分が、と考えたんだと思うの」

「いや、しかし、いくらなんでも……」

二人の会話を耳にしたシリウスがこめかみに手を当てた。頭痛がするとでも言いたげに。

「……そうだ、全寮制のいい学校があるぞ？　妹をそこへ入れるといい」

「学校、ですか？」

スワレイ伯爵がそう聞き返す。

「そう、その名も筋肉ムキムキ貴婦人養成学校というのだが……」

「はい？」

スワレイ伯爵が裏返った声を上げる。シリウスの表情は崩れない。大真面目なままだ。

「女性しか入学を許されない全寮制の貴婦人養成学校で、筋肉美をこよなく愛する者達の集まりだ。そこで四年間、みっちり学んでくるといい。入学すれば筋肉美を追求することはもとより、貴婦人としての礼儀作法もまた徹底的に仕込んでくれる。完璧な淑女にしてくれるそうだ。清く正しく美しくが基本理念だからな」

シリウスがははと笑う。心底楽しそうに。

「ただ、結婚目的の教育のはずが、男性ばりに発達した筋肉のせいで、卒業生達は皆、結婚適齢期の男性からはドン引かれ、今一つ役に立たないと言われているようだが、そこは聞かなかったことにしたまえ。女性の筋肉美にうっとりする男性もいる。大丈夫だ」

全然大丈夫じゃないような……

セレスティナがハラハラする中、スワレイ伯爵は心底慌てたようだ。

「ちょ、ちょっと待ってください！　ま、まさか、ジーナをそこに？」

「そうとも。妙な妄想などする暇もないほど、過酷な訓練の連続だそうだ。きっと自慢の娘になるぞ？　異性からは敬遠されるかもしれないが」

「ご、ご容赦《ようしゃ》ください！」

スワレイ伯爵が金切り声を上げる。すっとシリウスの顔から笑みが消えた。

「それが嫌なら教育に励め。娘を矯正しろ。妙な妄想をさせるな。頭のおかしな小娘の戯言《たわごと》など、聞くのも苦痛だ」

「は、そ、そう致します！」

ジーナはきょとんとした顔だ。

「頭のおかしな小娘って誰のこと？」

「しっ！　いいから部屋に行っていなさい」

「はあい！　出かける用意をしてきます！」

ジーナは喜んで立ち去った。

「で、出かける用意って……ああ、もう！　あとでようく言い聞かせておけ！」

「わ、私がですか？」

「お前以外に誰がいる！」

「……分かりましたわ」

メリッサが不承不承頷いた。

シリウスが帰途につき、セレスティナが自室へ引き上げると、ハロルドがいつものように甘いミルクティーを淹《い》れてくれた。世話役の侍女が興味津々でその様子を見守っている。

「お茶をどうぞ」

ハロルドの赤い目が笑みを形作る。紅茶を口にしたセレスティナははたと気が付いた。

あら？　別荘で口にしていたものと同じ味だわ。もしかして……

「ええ、茶葉をお持ち致しました。お気に入りのようでしたので」

セレスティナが不思議がると、ハロルドが笑ってそう答えてくれた。

「ありがとう」

「どういたしまして」

ハロルドの赤い目が再び笑みを形作る。ハロルドが淹《い》れてくれるミルクティーは本当に美味しい。

平穏を破ったのは妹の叫び声だ。

「どおしてぇ！　どおして公爵様は帰っちゃったの！」

突如廊下から、そんなキンキン声が届いた。思わず、紅茶を飲む手が止まってしまう。そうっと扉を開けて外を覗くと、そこには母親のメリッサとジーナがいて、ジーナは手足をバタバタさせていた。まとめたらしい荷物が床に散らばっている。

「どうしても何も、オルモード公爵閣下は、あなたを招待していませんよ」

「分かんない、分かんない、分かんないぃ！　だって、だって、ジーナの方が可愛いもん！　こんなの変、おかしい！　ありえない！」

そこで、ふっと黙り込んだかと思うと、ジーナの目がきりりとつり上がった。

「お姉様のせいね！」

突如そう叫び、ジーナがずんずんこちらへやってくる。

「ジーナ、待ちなさい！」

母親の制止を無視し、ジーナが扉を乱暴に開いて部屋に押し入ってきた。

「お姉様が公爵様にジーナの悪口を言ったんでしょう！　じゃなかったら、こんな風になるはずないもの！　ジーナの邪魔ばかりして！　お姉様なんか大っ嫌い！」

振り上げられたジーナの手を、ハロルドが止めた。

「セレスティナ様に、乱暴は許しません」

「何よ、これぇ！」

ハロルドにひょいっと首根っこをひっ掴まれ、ジーナはじたばた暴れる。

「マジックドールよ。公爵様が貸してくださったの」

セレスティナがそう説明すると、ジーナはふっと暴れるのをやめた。

「マジックドール……」

初めて目にしたので、驚きもひとしおなのだろう。人の姿を模したハロルドは、魔工技術の集大成ともいえる芸術品だ。銀色の人工的なフォルムが美しい。

「もしかして、なんでも言うことを聞いてくれる魔道具？　ご主人様の言うことをなんでも聞いてくれる召使いだって……とっても高いって……」

セレスティナが頷くと、ジーナの目が爛々《らんらん》と輝いた。

「すごぉい！　ね、これ、ジーナにちょうだい？　お姉様なんかにはもったいないわ！　ね、いいでしょう？　ちょうだい、ちょうだい、ちょうだ……」

ジーナがいつもの台詞《せりふ》を口にすると、母親のメリッサが割って入った。顔が真っ青だ。

「ジーナ、やめなさい！　そ、それは！　オルモード公爵閣下のものです！　セレスティナのものではありません！　あ、あの方のものを欲しがるなど……あああ、やめてちょうだい。あの方に睨まれたら、我が家など簡単に潰されてしまう」

ぎゃいぎゃい喚くジーナを引きずるようにして、メリッサはその場を立ち去った。


翌日、セレスティナが新しいドレスを身につけて朝食の場に行くと、ジーナの視線が釘付けになる。レモン色のドレスは派手すぎない上品なデザインで、歩くたびにキラキラと光を跳ね返して美しい。家族全員の視線を感じながら、セレスティナは椅子に腰かけた。

なんて言うのか、ちょっと恥ずかしい。

セレスティナの頬が朱に染まる。なにせ、シリウスの愛情が丸分かりだ。クローゼットを開けると、そこには素晴らしいドレスがぎっしりである。ドレスに合う靴や帽子などもたくさん用意されていて、言葉にするならプレゼント責め、まさにそんな感じであろうか。愛されていますねと、世話役の侍女に呆けたように言われて、もういたたまれない。

う、嬉しい、けど……シリウス様、やりすぎ……

「ど、どうしたの？　それ……」

ジーナが喘《あえ》ぎ喘《あえ》ぎ尋ねる。

「その、オルモード公爵様からいただいたの。お誕生日の贈り物だそうよ……」

セレスティナが説明すると、ジーナのまなじりがつり上がった。

「なんで！　なんで公爵様から、そんな素敵なドレスをもらうの？　それ、ジーナのよね？　それをお姉様が横取りしたんでしょう？　そうなんでしょう？　ひどい！」

セレスティナは眉をひそめた。ジーナの言い分には困惑するしかない。

「いいえ、違うわ？　何を言っているの？　これは私のお誕生日の贈り物にと公爵様が……」

「ありえない！　返して、返してよ！　その綺麗なドレスはジーナのだもん！」

立ち上がり、ジーナが掴みかかろうとするも、父親がすかさず止めた。

「ジーナ、よしなさい！」

セレスティナは目を見張った。こんな風にジーナを叱った父親を初めて見たからだ。シリウスのお陰だと理解はしているけれど、やはり驚いてしまう。

「馬鹿ぁ！　絶対許さないんだから！」

泣きながらジーナが去り、セレスティナは困惑を隠せない。

ジーナは本当に、一体どうしちゃったの？　あんな子だったかしら？

母親のメリッサがおずおずと近寄った。

「ね、セレスティナ、どうか教えてちょうだい。どうしてオルモード公爵閣下は、あなたにこれだけの贈り物をするのか……。そのドレス一つとっても、驚くほど高価よ？　ジーナの言い分はともかく、どう考えてもおかしいわ。一体どうなっているの？」

お母様は怪訝《けげん》そう。そうよね。

「お母様にお話があるの。お父様も一緒に」

シリウス様に養女に望まれた話をしよう。二人から愛していないと言われたとしても、私にはシリウス様がいるもの。シャーロット様やイザーク様もいる。怖くなんかないわ。

居間に移動したセレスティナは、両親と向かい合って座った。

「……改まってなんだ」

スワレイ伯爵が憮然《ぶぜん》として言う。

お父様は不機嫌そうね。でも、お父様が私に向かって笑ったことなんてあったかしら？　思い返してみても、残念ながら記憶にない。

「オルモード公爵様に、その……養女にと、望まれました」

セレスティナがとつとつとそう口にすると、しんっと静まりかえる。

「養女って……あなたを？」

メリッサが震える声で確認する。

「はい」

「どうして？」

「私を気に入ってくださったようで……」

「ありえない！」

そう叫んだのは父親のスワレイ伯爵だ。震える指をセレスティナに突きつける。

「お、お前のような小娘を気に入っただと？　どこをどうすればそうなる！　ど、どうやって取り入った？　ま、まさかその年で体を張ったか？　この淫乱でふしだらな……」

「あなた！」

「名誉毀損《きそん》、報復開始」

ビーッという警報音とハロルドの声が響き、胸部分からチュドンッと何かが発射された。

ちょうど怒り心頭で勢いよく立ち上がった父親――その下にあったソファが、ドンッと爆発する。

木《こ》っ端微塵《ぱみじん》になったソファを眺め、誰もが動きを止めた。理解が追いつかない。

え？　もしかして、一瞬でも立ち上がるのが遅かったら、お父様が粉々だった？

「い、今の、は？」

スワレイ伯爵の声が震えている。セレスティナにはその気持ちが分かった。ハロルドは答えない。

ただ、いつもの赤い目が消えた黒い表示装置の中に「名誉毀損《きそん》、名誉毀損《きそん》、名誉毀損《きそん》、報復、報復、報復」という物騒な文字がピカピカと……

「あ、あなた、こ、言葉に気をつけないと」

母親のメリッサが、恐る恐るといった風にそう告げた。やはり声が震えている。

「いや、でも、しかし……」

「こ、これは！　オ、オルモード公爵閣下のマジックドールよ！　と、とにかく、気をつけて。あの方はイカレ……いえ、ちょっと、し、神経質な方だから！」

メリッサがそう忠告する。

「わ、分かった。で、えー……よ、養女の話は本当なのか？」

スワレイ伯爵が気を取り直したように確認し、セレスティナが頷く。

「はあ……信じられん。お前のような出来損ないを……」

「教育的指導、発動」

ビーッという例の警報音と同時に、ボンッとハロルドの右手が発射され、その拳がどかぁっとスワレイ伯爵の顔面に綺麗に決まった。スワレイ伯爵がもんどり打って転がる。まるでボクシングのノックアウトのよう。セレスティナはもうどうしていいか分からない。

どうしよう、もの凄く痛そう……。もしかして言葉に反応する仕組みなの？　プログラムしたのは多分、シリウス様よね？　いつの間に……

ハロルドを見上げると、やはり「教育的指導、教育的指導、教育的指導」という言葉が黒い表示装置の中でピカピカ光っている。ハロルドの意思に関係なく、反応しているようだ。

「あ、あなた！　き、気をつけて！　このマジックドールは！」

メリッサが半狂乱で叫び、スワレイ伯爵がうずくまったまま怒鳴った。

「オルモード公爵閣下のだろ！　分かっている！　なんなのだ、これは！　一体何に反応しているんだ？　まったくあの方のやることは理解できん！」

スワレイ伯爵はふらふらと起き上がり、気味の悪いものを見るような目でハロルドを眺めた。

「……眉唾《まゆつば》な話だが、養女の件は、私がオルモード公爵閣下に確認する。お前はもう部屋へ戻りなさい」

セレスティナは頷き、立ち去りかけるも、今一度振り返る。

「あの、お父様、お母様……」

「なんだ？」

二人の視線にひるみそうになりながらも、セレスティナは踏ん張った。

逃げちゃ駄目よ、逃げちゃ……必死でそう自分に言い聞かせる。

「私を、その……あ、愛して、いますか？」

瞬間俯《うつむ》いてぎゅっと目を瞑《つぶ》る。今まで最も聞きたくて、聞きたくなかった問いだ。

そう、聞きたかったけれど、どうしても聞けなかった。だって、聞いてしまったら、違うと言われてしまったら、希望も何もかも、消えてなくなってしまうもの。

もちろんよ、愛しているわ、セレスティナ。

そんな言葉を期待したけれど、それはいつまで経っても耳に届かず、セレスティナは恐る恐る顔を上げた。両親を真っ直ぐ見つめると、二人は困惑したように顔を見合わせていた。

言葉にならない落胆がセレスティナの胸を襲う。

きっとこれが答えなのだ。分かってはいたけれど、こうして現実を突きつけられると、やはりきつい。セレスティナはぐっと唇を噛みしめる。

「今まで、お世話に、なりました」

ようやくそう言って頭を下げ、セレスティナが居間を出ると、ハロルドがそっと告げた。

「……マスターに連絡しますか？」

「いいえ。祖母とのお別れが、まだ済んでいないもの」

私がいなくなって寂しがってくれるのは、きっとお祖母様だけね。時々でもお見舞いに来よう。

「まぁ、セレスティナ。ちょっと見ない間に、随分と綺麗になって」

祖母の部屋を訪れると、ベッドに寝ていた彼女は喜んでくれた。

「ほっぺが薔薇色。髪もツヤツヤねぇ。まるで恋する乙女のよう。オルモード公爵閣下の別荘での生活は、楽しかったようね？」

「ええ、とっても」

セレスティナが養女に望まれた話をすると、祖母のサラは驚きつつも、微笑んでくれた。

「そう、あなたは公爵閣下のところへ行きたいのね？」

セレスティナが頷くと、サラは得心したようだ。

「なら、そうしなさい。寂しくなるけれど、あの方のところへ行けば最高の教育を与えてもらえるわ。あそこならあなたが望んでいる魔工技師に気兼ねなくなれるでしょう。感謝しなくてはね」

「お祖母様は私を愛している？」

「もちろんですとも。あなたは私の可愛い孫だもの」

祖母の言葉にセレスティナは救われた思いだった。

ありがとう、お祖母様。

「ね、セレスティナ。あなたのお誕生日はもうすぐね。それまではどうか、ここにいてくれないかしら。私もあなたのお誕生日会に参加したいの。最後にもう一度あなたを祝ってあげたいわ」

いつもは病気で参加できなかったお祖母様が、今回は参加するという。

「あんまり無理は……」

「大丈夫よ。最近は調子がいいの。綺麗に着飾ったあなたを見てみたい」

サラの皺《しわ》だらけの手が、そっとセレスティナの頬を撫でた。

その願いを聞き入れたセレスティナはその後、暇を見つけては祖母のために本を朗読した。祖母との他愛ないおしゃべりに笑い、ハロルドが淹《い》れてくれたお茶を一緒に楽しむ。そんなゆったりとした穏やかな日々が続くも、ある日、父親が持ち込んだ縁談が全てをぶち壊した。


「バーデ侯爵閣下だぞ？　またとない良縁だ」

応接室でスワレイ伯爵に告げられ、セレスティナの顔から血の気が引く。

バーデ侯爵様は好色で有名な方だ。それが原因で妻と別れている。なのに……。両親に愛されていないとは思っていたけれど、これはひどい。お父様はこれが良縁だと、本当にそう思うの？　本当に？　もしジーナが相手でも、お父様はそう言えるの？

膝の上で握ったセレスティナの手が、かたかたと震えた。

「あの、あのね、セレスティナ。断れないのよ」

母親のメリッサが、そう言い訳をする。

「共同事業を立ち上げたバーデ侯爵閣下からの、たっての要望だから、その……」

「そんな説明などいい。貴族なのだから政略結婚くらい当たり前だ」

「でも、お父……」

「口答えは許さない。さあ、部屋へ戻りなさい」

「オルモード公爵様の件は？」

そう尋ねた。きっと彼ならなんとかしてくれる。だが、父親の反応は冷淡だ。

「……これは決定事項だ。お前が口を出すことじゃない」

頑として聞き入れない。そっぽを向かれてしまう。

どうして？　お父様の気持ちが分からない、分からないわ。

不幸になればいい、そう言われた気がして、顔色を失ったセレスティナはふらりと立ち上がる。

「大丈夫ですよ、セレスティナ様、心配いりません」

ハロルドが囁いた。

「スワレイ伯爵」

ハロルドが赤い目をぴかぴかさせる。

「なんだ？」

「私はマスターの、オルモード公爵閣下の代理です。私が見聞きしたことは、全てあの方の知るところとなるでしょう。どうかそのことをお忘れなく」

スワレイ伯爵の顔色がさっと変わるが、ハロルドはそれを無視し、セレスティナを支えるようにして応接室から出た。すると廊下で待ち構えていたのだろう、ジーナと鉢合わせした。

「ふんだ、いい気味」

そう、ふてくされたように言う。

「バーデ侯爵のお嫁さんになれって、言われたんでしょう？　あんなのお嫁さんなんて、死んでも嫌。ぞっとする。あのおじさん、あちこちべたべた触ってくるのよ？　たくさんお小遣いをくれるから、おべっかを使ったこともあるけれど、もの凄く気持ち悪いの。でも、可哀想なんて思わないわ。私の悪口をオルモード公爵様に吹き込んだりするから、そういう目にあうのよ」

「どういう意味？」

「別荘には私が行くはずだったのに、お姉様が横取りしたのよね？」

セレスティナは眉をひそめた。

意味が分からない。本当、ジーナは一体どうしちゃったの？　私の記憶にある限り、ジーナはいつも笑っていた。こんな風にイライラして私につっかかってくるなんてことは……ああ、そうか。

セレスティナは、ふっと気が付いた。

いつだって私が我慢をさせられていたから、ジーナは笑っていられたんだわ。何もかも自分の思い通りになったから不機嫌になることもなかった。それが、シリウス様がジーナの要求を阻止するようになって、我《わ》が儘《まま》が通らなくなったから、こうして癇癪《かんしゃく》を起こすようになったのね。

「ジーナ、私はあなたの悪口を言ってなんか……」

いないわ、そう言おうとしたけれど、ジーナの癇癪《かんしゃく》がそれを遮《さえぎ》った。

「嘘！　お姉様の嘘つき！　じゃなかったら、お姉様みたいなのが、オルモード公爵様に気に入られるわけがないじゃない！　陰気な本の虫のくせに！」

憎々しげにジーナがそう叫ぶ。と、ビーッという例の警報音が鳴った。

「お仕置きモード、発動」

ハロルドの腕からボンッと丸い何かが発射され、それがパカッと割れる。すると、ばさあっと大量の蜘蛛《くも》がジーナに降り注いだ。綺麗な色とりどりの蜘蛛《くも》さん達こんにちは、である。

ジーナの盛大な悲鳴が上がるが、ハロルドはセレスティナの手を引いて歩き出す。

「先程も言いましたが、結婚の件なら心配いりませんよ。マスターがなんとかするでしょう」

ハロルドが赤い目をぴかぴかさせ、歩きながらそう告げた。

シリウス様……

彼の顔を思い浮かべたら、もう止まらない。猛烈に彼が恋しくなって、セレスティナは通信機である銀色の指輪を操作した。

会いたい、会いたい、会いたい、シリウス様！

『ティナ？』

聞きたかった声がすぐに届き、セレスティナの目にじわりと涙が浮かんだ。

本当にすぐに繋がるのね……

「シリウス様の声が聞きたかったの、ごめんなさい」

『ハロルドの言う通り、心配はいらない。バーデ侯爵は排除しておく』

セレスティナが何も言わずとも、シリウスはそう請け負った。どうやら情報はハロルドを通じて筒抜けらしい。なんだか泣き笑いの顔になってしまった。本当にかなわない。

「十六歳のお誕生日会が終わったら、私をシリウス様の養女にしてください。それまではどうか待ってもらえませんか？　祖母と一緒に誕生日を祝いたいの」

『……そのことなんだが、祖母君と一緒に誕生日を祝いたいのなら、誕生日会はこちらで開き、オルモード公爵邸に君の祖母君を招待するという手もあるぞ？』

「シリウス様の……」

『そうすればすぐにでも君を迎えに行ける。君のためにもそうした方が……』

「あ、あの、でも！　長距離の移動は祖母の体の負担になるかも！　で、できればここで……」

しばらく沈黙が続き、再びシリウスの声が響く。

『そうだな、分かった。私がそちらの誕生日会へ出席しよう。それと医者の手配もしておく』

「お医者さん？」

『祖母君が誕生日会に必ず出席できるよう、万全を期す方がいいだろう？　いい医者を知っている。そちらへ派遣しよう』

「あ、ありがとうございます！」

セレスティナの胸がじんっと熱くなる。

『ティナ』

通信を終えようとして、シリウスに呼び止められた。

『君の声が聞けて嬉しい』

そう言われて、セレスティナの心が沸き立った。先程までの鬱屈《うっくつ》とした思いが嘘のよう。

「私も、です」

現金なもので、既に気分は薔薇色である。

翌日、父親から告げられた縁談を祖母のサラに話すと、彼女は仰天した。どうやらサラはまったく知らなかったらしい。

「ジェームズ！」

ベルをガンガン鳴らし、息子のスワレイ伯爵を呼びつける。

「……仕方がないでしょう」

寝室に姿を見せたスワレイ伯爵が、ふてくされたように言う。

いい大人なのに、ふてくされるってことがあるのね。

セレスティナは父親の姿を見てそう思う。

「バーデ侯爵閣下からの打診です。断れば、お家お取り潰しもありえる……」

「まさか！　我が家はそこまで落ちぶれてはいません！　第一！　セレスティナはオルモード公爵閣下から、養女にと望まれているではありませんか！　何故そちらを選ばないのですか、ジェームズ！　バーデ侯爵家よりも、オルモード公爵家の方がよほどいい。それとも、バーデ侯爵閣下に何か弱みを握られたとでも言うの？」

勢いよく反論するサラに、スワレイ伯爵がいきり立った。

「違いますよ！　ああもう。母上は黙っていてください。ケチをつけないで！　私は兄上とは違います。これが私のやり方だ。秀でた兄上と違うからって、文句を言うのも大概にしてください！　逐一《ちくいち》比べられる方は、たまったものじゃない！」

「何を言うの！　私がいつ……ジェームズ！」

スワレイ伯爵は荒々しく扉を開けて出ていった。

「お祖母様、あの……」

「ああ、ごめんなさい、セレスティナ。お前にはなんの罪もないというのに……」

サラは皺《しわ》だらけの手で、セレスティナの頭を優しく撫でた。

「大丈夫よ、あなたをバーデ侯爵とは結婚させません。させませんとも。ええ、心配いらないわ」

「お祖母様、そのことで言いそびれたことがあるの」

公爵であるシリウスが既に手を回してくれていることを告げると、サラは驚きつつも、ほっと胸を撫で下ろした。

「それは、まぁ……本当にあなたは、オルモード公爵閣下に気に入られているのね」

サラの言葉にセレスティナは目を丸くした。

「え？」

「そうでなければ、公爵様ご自身が、こんな風に動くはずがないもの。ね、セレスティナ、聞いてちょうだい。養子縁組も婚姻も、普通は家と家の繋がりを考え、利のある関係を求めるものよ。家と真っ向から対立してまで養子にと望むのは、貴族としては前例がないわ。だから、他家と反目してまであなたを望んでいるのなら……」

この場合、あなた自身をとても気に入った、ということ以外考えられないのよ。

そう言ってサラがセレスティナの顔を両手でそっと包み込む。セレスティナは目を見開いた。

シリウス様が……。本当に？　嬉しくて、駄目、泣いてしまいそう。

それから僅《わず》か二日後のことだ。今度は伯母のブレンダ・クラインが、セレスティナの結婚相手とやらをスワレイ伯爵邸へ連れてきて、彼女を唖然《あぜん》とさせた。

一体何がどうなっているのか……。

セレスティナが玄関ホールで目にした相手は、かなりのお年寄りである。ちらりと伯母のブレンダに目を向けると、これまた怒り心頭の表情で、セレスティナは身を縮めた。

伯母様に好かれていないと思ってはいたけれど、ここまでとは思わなかった。どう見てもこれは嫌がらせだと思う。一体私が何をしたというのだろう？

ブレンダが唾を飛ばしながら怒鳴った。

「ジーナに聞いたよ、オルモード公爵閣下にジーナの悪口を吹き込んだんだって？　なんて真似をしてくれたんだ！」

ブレンダの文句にセレスティナは目を見張った。

まさか……まさか、ジーナの言い分を鵜呑《うの》みにしたの？

「私はそんなことやってないわ！」

セレスティナの弁明を聞いたブレンダは、さらに激高する。

「ああ、煩《うるさ》い！　お前の小賢しい言い訳なんか聞きたかないよ！　お前は本当、性悪な母親にそっくりだ！　さっさと結婚して、ここを出ていくがいいさ！　この根性曲がりが！」

途端、ビーッという例の警報音と、「教育的指導、発動」というハロルドの声が響く。

「ぶっ！」

ハロルドの拳がブレンダの顔面に飛び、彼女がどおんっとひっくり返る。でっぷりと太った巨体だから転がり方も豪快だ。

性悪な母親にそっくりって……

セレスティナは困惑した。伯母様がお母様のことまで悪く言うなんて驚きだわ。姉妹の仲はよかったと思っていたけれど、違ったのかしら？

「な、なんだい、これは！」

ブレンダが鼻血をだらだら流しつついきり立つ。顔が真っ赤で少し怖い。

「その……オルモード公爵様から借りた、マジックドールです」

おずおずとセレスティナがそう説明すると、ブレンダがまなじりをつり上げた。

「な、なんだって？　オルモード公爵閣下から？　や、やっぱり、公爵閣下に取り入ってたんだね？　お前って奴は！　この、小賢しいあばずれ……」

「教育的指導、発動」

「ぶごっ！」

再びハロルドのパンチが飛び、ブレンダはどうっと倒れる。しばらくの間、ブレンダは痛みに耐えるようにじたばた悶《もだ》えていたけれど、やがて倒れた体勢のまま拳を振り上げた。

「な、なんて生意気なマジックドールだい！　ああ、忌々《いまいま》しい！　ほら、ヘニング公爵閣下！　そこの娘があなたの結婚相手ですよ！　早く連れていっておくれ！」

ヘニング公爵様？　確か、ヘニング公爵様は王弟よね？

セレスティナは驚いた。改めてヘニング公爵の姿を、まじまじと見てしまう。品のいいご老人だ。ぱっと見は優しそう。

シリウス様と同じ研究肌で、やはり変わり者と言われているけれど、評判はとてもよかったはず。情に篤《あつ》い人だって聞いたわ。なのに、何故こんな縁談を受けたのか分からない。伯母様と親しいということかしら？

ヘニング公爵が両手を広げて笑った。

「ははは！　ようし、いいとも！　さあ、セレスティナとやら。わしの可愛い花嫁！　おいで。わしが連れ帰ってやろう！」

瞬間、カッと光が閃《ひらめ》いた。続いて、ギギギギギィ、ガガガガガ！　ドオン！　という衝撃音が走り、壁が、いや、邸《やしき》が真っ二つに裂けた。比喩《ひゆ》ではない、まさに真っ二つである。まるで邸《やしき》を鉈《なた》でかち割ったかのよう。上を見れば青空で、横を見れば裂けた壁から庭園が見える。パラパラと落ちてくるのは、邸《やしき》の砕けた破片だろう。

「移動時間は三十秒か……試作品にしてはまぁまぁだな」

聞き覚えのある声に、セレスティナは驚き、次いで、じわりと涙が浮かぶ。振り返ると心が喜びに沸き立った。

ああ、やっぱり……

そこにいたのはシリウスだ。輝く長い白銀の髪に、片眼鏡をかけた厳格そうな顔はやはり天使のように麗《うるわ》しい。帽子をかぶり、外出用のコートを羽織った姿は威風堂々《いふうどうどう》としていて、いつものように手袋をはめた手にはステッキが握られていた。そのステッキには見覚えがある。

そうだわ、例の設計図……

「全壊してはいない」

シリウスが言い訳がましく言う。

「ほんの少し切っただけ。そうとも、ちょこっとの破損だ。空間をねじ曲げるのではなく、空間を切り裂いて亜空間を移動する。この方法だと生まれる衝撃波は一定方向に絞れるから、破壊する範囲がぐっと狭まるんだ。なかなかいいアイデアだと思わないか？」

シリウスが説明する。どことなく気まずげで、怒ってないよな？　と顔色を窺《うかが》うような表情だ。

「え、ええ、ほんの少し、家が欠けただけ、かも？」

駆けつけてくれたのだからと、セレスティナがあえて家の惨状に目を瞑《つぶ》ると、シリウスがほっとしたように表情を緩ませた。やはり気にしていたらしい。

それにしても、シリウス様は凄いわ。

セレスティナは改めてそう思う。

家が半壊したのにはびっくりしたけれど、おそらく現時点でこんな移動方法を可能にしているのは、シリウス様だけじゃないかしら。効果の余波による被害が甚大《じんだい》で、使いどころを間違うと大惨事になるのが難点だけれど。

邸《やしき》の惨状に驚いたスワレイ伯爵邸の使用人達がこぞって駆けつけ、今や大変な人だかりだ。

「あああ！　わしの花嫁！　ぶ、無事かぁ！」

響いたのはヘニング公爵の声だ。先程の衝撃で吹っ飛ばされたヘニング公爵が、頭をふりふり身を起こし、すっくと立ち上がる。セレスティナの無事を真っ先に確かめるあたり、評判通り情に篤《あつ》い人のようであるが、そんな彼の前にシリウスが立ちふさがった。

「違う！　お前のじゃない！」

「へぐぅっ！」

シリウスが手にしたステッキで、バッカンとヘニング公爵の頭を殴った。それも、かなり容赦《ようしゃ》なく。ヘニング公爵はその場にベチンと倒れ、床と顔面キッスである。

い、痛そう。もの凄く痛そう……

セレスティナは思わず顔を手で覆い、指の間からちらりと状況を確認する。

「ヘニング公爵閣下！」

泡を食った護衛の銃騎士達が魔弾銃を手に駆け寄ろうとするも、チュインチュインチュインとハロルドが彼等の魔弾銃を弾き飛ばす。迎撃モード、迎撃モード、迎撃モード、という文字をぺかぺかさせながら、光弾を発射している頭をぐるぐる回す。こうなると、もう、かなり兵器っぽい。セレスティナは唖然《あぜん》として突っ立っていた。

これって、追加された機能なのかしら？　それとも元から搭載していたの？　シリウス様のことだから、どっちでも同じかしら？

ヘニング公爵が、がばあっと起き上がり、怒り心頭の様子で怒鳴った。

「だ、誰だぁ！　無礼者め！　このわしを、王弟のヘニング公爵と知っての狼藉《ろうぜき》か！」

「ああ、知っているとも！　ようくな！」

シリウスは仁王立ちしている。彼の顔を認めたヘニング公爵は、さぁっと青ざめる。

「ぬおお！　オルモード公爵ぅ！　な、ななんでここに！」

腰を抜かさんばかりの驚きようだ。

「いて悪いか！　この恩知らずめ！　研究材料に必要な植物を採取しに行って！　間抜けにも自分がとっ捕まり！　食人植物に溶かされかけたお前を、引っ張り出してやったのは、どこの誰だと思っている！　ぬるぬるぬめぬめ気色悪かったので、傍の毒沼に速攻放り込んだがな！　いっそあのまま見捨てた方がよかったか？　ああん？」

シリウスがずずいっと詰め寄ると、ヘニング公爵が慌てた。

「ちょ、待て待て待て！」

「誰が待つかぁ！　この、好色、色ぼけ、じじぃが！　よ、く、も、私の、ティナに、抱きつこうと、したな！　死に、さらせ！　この、この、この！」

一言一言区切るように、ステッキでヘニング公爵の手足をばしばし叩く。

「い、いたたたたたたた！」

「痛くて当たり前だ！　さあ、転がれ、泣き叫べ！　額を床にこすりつけて、生まれてすみませんと言え！　この、この、この！」

シリウスのステッキは痛い部分を的確に突いているようで、早くもヘニング公爵の泣きが入った。

「ちょ、待て待て待て、だからなんでおぬしがここにおる！」

「ティナは私の花嫁だ！　私のな！　他の誰のものでもない！」

シリウスの叫びに、周囲がざわりと揺れる。

えぇー？　セレスティナ様がオルモード公爵様の花嫁？　ニュースよ、ニュース！　凄いわ！

ここぞとばかりに騒ぎ出す。走って電話をかけに行く人もいて、邸《やしき》が真っ二つになった時よりも騒がしかった。

「え？　花嫁？　おぬしの？　そこなセレスティナ嬢が？」

ヘニング公爵が驚き、シリウスが激高する。

「名前を呼ぶな、ティナが汚れる！」

「へぶぅ！」

ステッキで頭を殴られ、またもや床とキスする羽目となる。シリウスの激高は止まらない。むしろ加速しているようだ。

「この色ぼけじじぃが！　ティナに寄るな触るな近付くな！　見るのも駄目！　ああ、そうだ。お前が投資している事業のデータを、さくっと書き換えて、一文無しにしてやろうか？　ふふふふふふふふ！　そうだ、そうしよう。物乞いにでもなって、道ばたで哀れっぽく泣けば、少しは気が収まる。文無し公爵、これで決まりだぁ！」

はははははははは！　とシリウスは悪魔の高笑い。焦ったのはヘニング公爵である。

「ちょ、待てえええええええええ！　おぬしが言うと、ほんっと洒落《しゃれ》にならん！　待て待て待て！　わしはそこな娘を助けようとしただけで！」

「ティナを見るなと言っているだろう！　滅る！」

ばっかんと殴られ、再び撃沈だ。床とキスしたままヘニング公爵が泣き出した。

「ずびばじぇえええええええん。本当に本当、かんべんして。クライン夫人が悪巧みをしているようだったから、人助けと思って、結婚相手として名乗り出ただけじゃよおおおお。ほんにそれだけじゃあああ。邪《よこしま》な思いなどこれっぽっちもない」

「……人助け？」

「そう、クライン夫人が、姪の結婚相手にと選んでいる相手が、ろくでもない男ばっかりだったから、仏心を出しただけ。本当にそこな娘と結婚する気など毛頭なかった。こっそり別の良縁を組んでやろうとしただけじゃよ。親切心じゃ、親切心。な？　わし、おぬしと喧嘩しとうない。帰っていいか？」

「……数時間後には抵当に入る邸《やしき》でよければ」

怒りが収まらないのかシリウスが冷たくそう言い放ち、ヘニング公爵はお祈りをするようなポーズで、だくだくと涙を流す。

「ごめん、すまん、謝る、わしとおぬしの仲じゃないか？　な？　許してちょーだい」

「あの、シリウス、様？」

セレスティナは、シリウスの服をくいくい引っ張った。

「ああ、大丈夫だ。君を花嫁呼ばわりした不届き者は、このまま土の中へ埋めてやる」

真顔で言われても、とっても困るわ。

「いえ、あの、埋めなくていいです」

「氷漬けがいいか？」

「いえ」

「オーブンでチン」

「普通に帰してあげてください、お願いします」

シリウスがチッと舌打ちを漏らす。

「……帰れ」

シリウスが渋々嫌々そう言うと、ヘニング公爵は感激したようだ。

「おおう、なんて優しい娘じゃぁあああ！　恩に着る！　何かあったらこのわしを頼ってくれぃ！　力になるぞ！　ではさらばじゃ！」

ハロルドとやり合っていた銃騎士達を連れ、ヘニング公爵は脱兎《だっと》のごとく逃げ出した。入れ替わるように進み出たのが伯母のブレンダである。

「オルモード公爵閣下！　ど、どうして？　どうしてセレスティナが、公爵閣下の花嫁になるんですか？　彼女と結婚して、公爵閣下に一体どんな得が？」

ブレンダが喘《あえ》ぎ喘《あえ》ぎそう口にした。シリウスは伯母を一瞥《いちべつ》し、セレスティナをそっと引き寄せる。

いつもの甘く爽やかなミントの香りが鼻をくすぐり、セレスティナの胸がじんっと熱くなる。

「……彼女を気に入ったからだ」

シリウスはそう答えた。花嫁ではないと否定されると思っていたセレスティナの心がぱっと華やぐ。自分から言ったから、引っ込みがつかなくなっただけかもしれないけれど。

「公爵閣下のお気に入りは、ジーナでしょう？」

ブレンダのそれは悲鳴に近い。シリウスは顔をしかめた。

「あれは害虫だ。埋めてしまえ」

シリウスの返答にブレンダは目を剥《む》き、怒りの矛先をセレスティナに向けた。

「セレスティナ！　お前は公爵閣下に何を言ったんだ！」

怒った顔はまるで鬼女のよう。

「そうよ、そうよ、お姉様ったら、ひどいわ！」

その場に突如響いたのは、ジーナの声だ。見ると、周囲の人を押しのけるようにして、ジーナがこちらへずんずん向かってくる。シラミがいなくなったので、今のジーナはカツラをつけ、ちゃんと可愛く化粧までしていた。身につけたドレスはお気に入りのピンクのフリフリである。

シリウスの前まで来ると、ジーナはピタリと足を止め、にっこり笑った。スカートをつまみ、ほんの少し膝を曲げて、淑女の挨拶をする。

「こんにちは、オルモード公爵様。ほら、どう？　私を見て？　私の方が可愛いでしょう？　お姉様なんかより、ずっとずっと可愛いわよね？　お願いだから、お姉様の言うことなんか信じないで？　全部嘘だから。うふふ、公爵様のお気に入りは私よね？」

ジーナがくるりとその場で回る。ピンク色のドレスが花のようにふわりと広がった。自分を可愛く演出する時の仕草だ。が、シリウスの表情は崩れない。それどころか、ぴしりと額に青筋が立った。

「……不細工」

ぽつりとシリウスが言う。ジーナは目を丸くした。言われた言葉が理解できなかったらしい。

「あの、今、なんて？」

ジーナがそう口にすると、シリウスが声を荒らげた。

「不細工だと言ったんだ、この脳みそすっかすか娘が！」

手にしたステッキをガンガン床に打ち付け、シリウスが激高する。

「先程から訳の分からないことをべらべらと！　私のティナと比べられるだけで腹立たしい！　私のティナと！　容姿、才能、頭脳、性格、可能性！　お前が私のティナに勝てる部分など、ひとっつもないぞ！　ひとっつも！」

シリウスの言いように、セレスティナは驚いた。

えっと……。勝てる部分が一つもないって……。シリウス様、褒めすぎ……

セレスティナの顔は真っ赤だ。次の瞬間、シリウスが機関銃のごとく言葉を吐き出した。

「ええい、この！　不細工！」

言っている内容はともかく、セレスティナは感心した。よく同じ単語を、ここまで連続して言えるものだ。舌を噛むことなく、延々繰り返される。発音も明瞭だ。思わず拍手したくなってしまう。

「うそ、よね？」

ジーナは顔面蒼白だ。だが、シリウスの勢いは止まらない。

「嘘など誰が言うかぁ！　不細工で分からなければ！　この！　醜女《しこめ》醜女！」

再び一気に言い切った。見事すぎてもはや何も言えない。シリウスは早口言葉で優勝しそうだ。

が、はたと我に返ったセレスティナは、子供の口喧嘩と同じであることに気が付く。気が付いてしまう。実に大人げない、そう言いたくなるが、シリウスの連呼は止まらない。彼の声がよく通るだけに、しっかり耳に届いてしまう。

ふっとジーナが白目を剥《む》いて倒れた。シリウスの罵倒がかなりこたえたらしい。思い返せば、ジーナはシリウスを素敵だと言っていた。好意を寄せていた相手から言われたので、なおさらショックだったのかもしれない。

「ああ、ジーナ、しっかりおし！」

ブレンダが駆け寄って倒れたジーナを急ぎ抱き起こすも、目を覚ます気配はない。白目を剥《む》いたままだ。ブレンダはセレスティナをきっと睨みつけた。

「セレスティナ！　お前って奴は！　オルモード公爵閣下に、一体何を吹き込んだんだよ！　お前の本当の母親も男をたらし込むあばずれだった！　そっくりだよ！」

ブレンダの言葉にセレスティナは目を見張った。

本当の母親？　え？　ということは……

「本当は、この私が、この私がナイジェルと結婚するはずだったんだ！　なのになのに！　聡明だったはずのナイジェルは、お前の実母にたぶらかされて……」

次の瞬間、ぞわりとセレスティナは総毛立つ。

空気が……変わった？　空間が歪んで？

伯母のブレンダがその場で勢いよく倒れた。手足が床に貼り付いたかのように動かない。そのままの体勢で悲鳴を上げている。ミシミシと床に亀裂が入る。異様な光景だった。

何？　何が起こっているの？

ビーッビーッビーッビーッビーッビーッというハロルドの警報音ではっとなった。ハロルドの黒い表示装置の中に、危険危険という文字がぴかぴか光っている。明滅が凄い。これって、ハロルドがもの凄く焦っているってこと？　そんな感じが……

「……重力変化は便利だな」

セレスティナが耳にしたのはシリウスの声だ。が、我知らず体が震えてしまう。

何これ、怖い……。もしかして、もの凄く怒っていらっしゃる？

「そうとも。自重《じじゅう》で勝手に潰れてくれる。さて、どの程度の負荷をかければ、ぺっしゃんこになるのやら……。まぁ、肥え太った蛙が潰れたところでどうってことはない。せいぜい盛大な悲鳴を上げろ、このくそ蛙が。いらぬことをべらべらと……」

「シリウス様！　やめて！」

セレスティナはそう叫び、シリウスにぎゅうっとしがみついた。彼の激高が恐ろしくて……

お願い、お願い！

そんな必死の懇願が通じたか、ふっとシリウスの気配が変わった。

「ああ、すまない……怖がらせたか？」

耳に届いたのはいつもの優しい声で、セレスティナは安堵する。伯母の悲鳴も止まり、そこでようやく、セレスティナは息を吐き出した。

私、息を止めてたみたい……

「く、ふふ……そうだ、イカレ公爵……それが私の渾名《あだな》だったな。ああ、最近はすっかり忘れていた。子供達がいたから……今回は君か……」

セレスティナの髪を撫でる彼の手はあくまで優しい。先程までの激高が嘘のよう。

「まさか、こんな形で真実を知らせることになるとはな……」

シリウスがそう呟く。その声はひどく悲しげだ。

「……シリウス様は知っていたの？」

私が両親の実の子ではないと。

見上げると、シリウスの瞳と目が合った。彼の瞳は青く澄んだ空のよう。

「ああ、君が養女になる手続きをしたその時に……」

「え……」

「ティナ、君は既にオルモード公爵家の人間なんだ。君が祖母君の部屋で言っただろう？　私の養女になりたいと……。それで、まぁ、浮かれてフライングだ」

　謝罪するように、シリウスの手がセレスティナの髪を撫でた。

「書類を見れば一目瞭然《いちもくりょうぜん》で、君が誰の子か分かる。時機を見計らって知らせるつもりだったのに……ぶち壊しだ」

　シリウス様は私がショックを受けないようにと、そう考えてくださっていたらしい。それを台無しにされて腹を立てた……。そういうことなの？

「私の本当の両親は……」

「前スワレイ伯爵のナイジェル・スワレイが君の本当の父親だ。そして母親はベルガ帝国のグリンダ・エルファー侯爵令嬢。二人とも流行病《はやりやまい》で亡くなっている」

　そこに、スワレイ伯爵の声が響いた。

「こ、これは一体……」

　どうやら出先から帰ってきたらしい。彼の視線がふっとシリウスを捉えた。

「オ、オルモード公爵閣下！　どうしてここへ？」

　スワレイ伯爵は心底驚いたように、目を見開いた。シリウスが笑う。

「どうして、か。そんなことより、聞かせてもらおうか。スワレイ伯爵？　何故ティナが、私のティナが、バーデ侯爵のところへ嫁がなければならないのか……。バーデ侯爵が私よりも格上だと、お前はそう言いたいわけか？」

　スワレイ伯爵から血の気が引いた。

「と、とんでもございません！　た、ただ、その！　こ、断れなかっただけですとも！　そうです！　我が伯爵家の存亡の危機でした！　共同事業から手を引くとバーデ侯爵に脅されて……」

「ほう……」

シリウスの目が物騒な色を湛《たた》える。

「ということは、この私が、それくらいの援助もできないと、お前はそう判断したわけか？　バーデ侯爵が手を引いた事業の穴埋めすらできないと、そう思ったわけだ。たかがお前達が起こした事業の存続すらさせられない無能だと……ははは、随分と舐められたものだ」

「め、めっそうもない！　そんなことは……」

「お前の行動がそう言っているんだ、この間抜け！」

シリウスに一喝され、スワレイ伯爵は縮み上がった。

お父様の顔色がとても悪い。震えているわ。大の大人でも怯えるほどの一喝って凄い……。でも、そうよね、シリウス様は公爵様だもの。私から見たら、シリウス様はいつだって優しくて包容力のある素敵な方だから、つい勘違いしそうになってしまうけれど、陰謀渦巻く貴族社会のなかで、公爵という立場を守り続けてきた方なのだから、これくらい当然なのかもしれない。

「セレスティナは、もうオルモード公爵家の人間だ。今後は一切関わるな」

シリウスがそう告げた。

「公爵家の人間……」

スワレイ伯爵がぼんやりそう繰り返す。

「そうだ、手続きはもう済ませた。お前の許可など必要ない。分かったか？」

反論する気力もないのか、スワレイ伯爵はうなだれたままだ。

「返事は？」

「は、はい！　しょ、承知致しました！」

恐ろしいシリウスの声にせっつかれて、弾かれたようにスワレイ伯爵はそう答えた。顔面蒼白だ。

シリウスがセレスティナを連れて背を向けると、スワレイ伯爵はその場にへたり込んだ。まるで精気が抜け落ちたかのよう。スワレイ伯爵夫人であるメリッサが一生懸命何かを話しかけているけれど、まったく反応がない。

不思議だった。

断ち切ったと思っていたのに、両親に未練などないとそう思っていたのに、それでもこうして別れを突きつけられると、胸が詰まり、涙がこぼれ落ちる。

親子の情ってこんなにも深いのね。

そんなことを実感してしまう。実の両親ではないと聞かされても、あの二人から愛し愛されたい、そう願っていた以前の自分がまだここにいて、涙を流しているかのよう。

お父様お母様、さようなら。そして、ありがとう。愛されなかったけれど、それでも生きていく糧《かて》を与えられました。感謝します。

シリウスがそっとセレスティナの髪を撫でた。

祖母の寝室へ行くと、祖母のサラは全てを話してくれた。実父の前スワレイ伯爵が聡明で心優しい若者であったこと、実母が気品と思いやりにあふれた美しい女性だったこと。そして、二人が、この上なく自分を愛してくれたことも。

サラから手渡された写真の中では、栗色の髪の優しそうな女性が微笑んでいた。父親はブロンドの髪に新緑の瞳をした知的な若者で、二人の間で笑っている子供が自分なのだろう。

幸せそう……。ううん、幸せだったに違いない。それを一度に失った。

セレスティナがじっと写真に見入っていると、サラが言い添えた。

「分かるかしら？　あなたの瞳はナイジェルの色よ。聡明だったナイジェルの……」

サラが涙ぐむ。息子を思い出しているのかもしれない。

「あなたが成人したら、話そうと思っていたのよ。それまではどうか実の子として育てて欲しいと、ジェームズにお願いしたのだけれど……」

どうやら失敗だったようね、サラはそう言って寂しそうに笑った。

「今夜、ティナを連れていこうと思っている」

シリウスの言葉に、サラは頷いた。

「ええ、そうね。その方がいいわね。ごめんなさい。私の我が儘《わがまま》でセレスティナを引き止めてしまって、本当に申し訳なく思って……」

「あなたも一緒に引き取りたいと、そう考えているんだが、どうだ？」

シリウスの申し出に、サラはもとより、セレスティナも驚いた。

「いえ、でも、あの……」

「ティナもそれを強く望んでいる」

シリウスがそう言い添えた。まるで、逡巡するサラの背を押すかのように。

「……許されるのなら、セレスティナ、あなたの成長を見守りたいわ」

サラはしばらく迷った末、そう答えた。

「お祖母様はそれでいいの？　お父様……いいえ、叔父様達と離れてしまうわ？」

セレスティナの指摘に、サラが寂しそうに笑った。

「ふふ、セレスティナ。この部屋であなたは、ジェームズに会ったことが何回あったかしら？」

ほんの少し考えて、セレスティナは答えた。

「一度……」

そう、お祖母様がベルをガンガン鳴らして、叔父様を呼びつけたあの時だけだわ……

そんなことに思い当たる、思い当たってしまう。

そうよ。私はお祖母様の部屋に入り浸っていたんだもの。確かに、まったく顔を合わせないなんて不自然だわ。叔父様はもしかして、お祖母様のお見舞いにも来なかった？

「分かったでしょう？　これが答えよ。私はあなたの傍にいたいわ、セレスティナ」

その後、シリウスに呼び出された医師のバーニー・ルースが、ぶつぶつと文句を言う。

「本当に急だな、君は……」

以前にシリウスが手配した医師である。連れていく前に祖母の診察を、と考えたらしい。バーニーの見た目は三十代といったところか、ブラウンの髪のおっとりとした雰囲気の男性だ。

「今夜中に移動したいんだ」

シリウスに報酬三倍と言われて、バーニーは機嫌を直した。

「気前はいいんだよな。人使い荒いけど」

バーニーがさっそくサラの診察に入る。彼から移動の許可が出ると、シリウスはセレスティナの荷物を運ぶように専門の業者に依頼し、あっという間に準備を整えてしまった。

邸《やしき》から外へ出ると、そこは既に満天の星だ。真っ二つになった邸《やしき》からは光が漏れていて、とりあえずの修繕処置がせっせと行われている。制服を着ているので建築業者だろう。

セレスティナがちらりとシリウスを見ると、ふいっと視線を逸らされた。

「あれは自然現象だ」

邸《やしき》を真っ二つにしたことを、シリウスはそらっとぼけようとするも、セレスティナの視線に耐えきれなくなったか、ぽつりと付け加えた。

「……直して欲しいか？」

「え？　ええ、できるのなら……」

「分かった、接着しておく」

シリウスはため息まじりにそう答えた。本当に渋々といった感じである。

「で、できるんですか？」

「やろうと思えばな。面倒臭いので普段は放っておく」

やはりため息まじりだ。

普段は……一体、どれだけ壊しているのかしら？

そんな疑問がセレスティナの脳裏をかすめるが、問い詰めることはしなかった。知るのが怖い。

セレスティナがシリウスのあとに付いていくと、公爵家の家紋の入った自動馬車が待っていた。

カラクリ馬がブルルと鼻を鳴らす。人工のカラクリ馬はやはりとても綺麗である。興味津々でセレスティナが手を伸ばすと、シリウスがそっと囁いた。

「これの分解はまたあとで……」

セレスティナはぱっと手を引っ込める。心中を見抜かれて恥ずかしかった。ただ、こんな風に動いているものだと分解することにも躊躇《ちゅうちょ》する。壊したら可哀想、そう思ってしまうから。

シリウスが自動馬車の操作キーを操《あやつ》ると、馬車内の大きさが変わった。セレスティナは目を見張る。馬車の大きさは変わらず内部空間だけが広がったのだ。

空間操作よね、これ……。流石《さすが》シリウス様の自動馬車だわ。仕掛けも凄い。

馬車内の椅子の片側が自動で引っ込み、そこに祖母の移動用の介護ベッドが設置される。シリウスとセレスティナは並んで座り、そのあとに医師のバーニーが続く。最後にハロルドだ。内部空間が広がっているので、四人並んで座っても余裕である。相変わらず、ふっかふかの座席は座り心地抜群だ。このまま寝てしまいそうである。

医師のバーニーがしげしげとセレスティナを眺めた。

「ね、スワレイ伯爵家の使用人に聞いたんだけどさ、この子、君の花嫁だって？　意外だよ。君がロリコンだったとはね」

揶揄《からか》うようにそう言われ、セレスティナはどきりとする。

ロリコン……そんな風に言われると、なんだかいたたまれない。

でも、そうよね、私はまだ成人前の子供だから、そんな風に見えるのかも。結婚は大人になってから、とシリウス様はおっしゃっていたから、まったくの誤解だけれど……

セレスティナは申し訳なくて、身を縮めた。

「……なんとでも言え」

シリウスが突き放すように言う。バーニーが軽快に笑った。

「ははは、冗談だよ、冗談。婚約者ってことなんだろ？　成人したら結婚するってことだよな？　それくらいは分かるよ。で、どういう経緯で、この子と結婚しようって思ったの？　とっても可愛いけど……将来美人になりそうだったから、なんて理由じゃないよね？」

バーニーが、ぐっと身を乗り出した。

今まで褒められたことなどなかったせいか、セレスティナは恥ずかしくて仕方がない。しげしげと見つめられて、つい赤くなって俯《うつむ》くと、シリウスにひょいっと抱き上げられ、膝抱っこされる。そのまま彼のコートに包まれて、セレスティナの視界からバーニーが消えた。

「えー？　おいおい、どうしたんだよ、いきなり……」

バーニーの驚いた声が聞こえる。

「見るな」

「見るなって……え？　もしかして、焼き餅かぁ？　――ちょ、ちょっと待て。えー？　うっそだろ？　君、こんなんだったの？　知らなかったよ。もっと、クールな奴かと……。サマンサ夫人の時はこんなじゃ……。ああ、そうか。彼女はドラゴンだったから、誰も言い寄ったりしなかったもんな？　焼き餅を焼くこともなかったってわけだ。怒らせると真っ赤になって火を噴くし？　あんなのとよく結婚したなって言われてたもんな」

「……少しはそのおしゃべりな口を閉じていられないのか」

シリウスに凄まれても、バーニーは動じない。あっけらかんと言った。

「いいじゃないの。これくらい。で？　その子のどこが気に入ったの？」

「私と同じように魔工学を好きなところかな」

シリウスが愛おしげにセレスティナの栗色の髪を撫でる。バーニーの驚いたような声が続いた。

「へぇ？　それはまた……。ということはその子、君の話についていけるんだ？」

シリウスがふっと笑う。

「そうだな、荒削りだし、まだまだ拙《つたな》いが……ティナは可能性の宝庫だ。会話の端々からその煌《きら》めきを感じる。将来が楽しみで仕方がない」

「へええ……そりゃ、凄い。シリウスのお眼鏡にかなったってことか……。しかし、君もちゃんと人間の女性を好きになるんだね？」

「……何が言いたい？」

シリウスの低い声に、バーニーが飄々《ひょうひょう》と答えた。

「いや、だってさぁ、ほら、ね？　君、大の爬虫類《はちゅうるい》好きだったじゃない？　妖蛇《ようじゃ》をこう、腕に巻き付けてうっとりするし？　あれね、今だから言うけど、皆ドン引きだって。普通、あんな真似したら死ぬから。しかも、どんなに綺麗な女性が言い寄っても、まったく興味を示さないしさぁ。極めつきがドラゴンの嫁！　あれ見て、君を狙ってた女性は全員、ああ、なんだ、人間の女に興味がなかったんだなって、そう思ったと思うよ？　かくいう僕もその一人」

随分と遠慮のない物言いだ。

「あ、あの、ルース卿は、シリウス様とは親しいんですか？」

セレスティナはつい気になってしまい、コートに包まれたまま口を挟んだ。

「ん？　一応？　王立魔道学院で同級生だったからね。いろいろ知ってる」

あ、そうか、それでシリウス様の名前を、敬称抜きで呼んでいるのね。

セレスティナは納得する。

ルース卿の身分は私と同じ伯爵令息だから、こういった話し方は、本当は無礼に当たる。でも、王立魔道学院に在学中の三年間は、一旦その身分を取っ払われるそう。だから、身分にかかわらず、友情を育むことができるって聞いたわ。多分、シリウス様がルース卿の態度を許しているのね。公式の場では違うのかもしれないけれど。

「つっても、シリウスは僕より年下なんだよな。彼は飛び級で入学、卒業したからね」

飛び級！

セレスティナは驚くも、妙に得心もしてしまう。

そうね、シリウス様ならあり得るわ。

「シリウスの入学当初はもの凄い騒がれようだったよ。ほら、十四歳で主席入学したってだけでも注目の的だったのに、シリウスはたった十歳で公爵位を継いでるだろ？　学生なのに爵位持ちだし、魔虫を駆逐《くちく》した英雄だし、見た目は目の覚めるような美少女だったし。いたぁ！」

ゴツッといい音が……シリウス様に殴られた？

「余計なことを言うな」

「あー、ごめんごめん。でも、いいじゃないの。今はれっきとした色男なんだからさ」

バーニーが悪びれもせず言う。

「少し眠るといい」

シリウスの大きな手が、セレスティナの髪を撫でた。馬車の揺れがゴトゴト心地いい。シリウスに膝抱っこされたまま、セレスティナはうとうとし始める。とろとろと眠りに落ちる直前、いい夢を、シリウスにそう囁かれた気がした。

第六話　筋肉ムキムキ貴婦人養成学校

翌日、天気は快晴だったが、ジーナの気分は曇天《どんてん》だった。鏡をしげしげと見る。鏡に映る顔はいつもと同じ、蜂蜜色の髪の、あどけない顔立ちの美少女だ。ジーナご自慢の顔である。ジーナは異性から不細工などと言われたことがない。誰もが可愛い、素敵、美人と褒めてくれる。なのに……

不細工不細工不細工……

シリウスの罵倒が耳にこびりついて離れない。まさに悪夢だった。否定したくてもシリウスの容姿が抜群にいいのでそれができない。シリウスの姿が脳裏に浮かぶ。長い白銀の髪は美しく、端整な顔立ちはビスクドールのようで、立ち振る舞いには王族並みの威厳と気品があった。

あんな人がお兄様だったら自慢して回ったのに。それなのに……

「……ねぇ、ジーナは綺麗よね？」

じっとりと湿った声で、世話係の侍女に質問する。

「ええ、お嬢様はとってもお綺麗です」

いつものように愛想良く笑って侍女が答える。

なら、人によっては不細工に見えるってこと？

そう考えて、ジーナはさらにどんよりとなる。

ということは、この先どれほど着飾っても、不細工、醜女《しこめ》などと罵倒される可能性があるってことじゃないの。一体どうすればいいの？

侍女に身支度を調《ととの》えてもらい、食堂に向かうと、玄関ホールでちょっとした騒ぎが起きていた。家の補修を引き受けた建築業者が一旦引き上げ、再度作業をしにやってきたところ、既に家が修復済みだったとか。別業者が仕事を横取りしたのか、などと騒いでいる。

そういえば、家が元通りになっている……

そんな事実に気が付くも、ジーナにとってはどうでもいいことだったので、そのまま通り過ぎた。

「お父様、お母様、おはようございます」

食事の席に着いている両親に向かって、朝の挨拶をする。

「うむ」

「おはよう、ジーナ」

ずっしりと重い気持ちでジーナは朝食の席に着き、ふっと気が付く。

「お姉様は？」

セレスティナの席は空っぽだ。ジーナがそのことを問うと、スワレイ伯爵の眉間に皺《しわ》が寄る。

「……オルモード公爵家に引き取られた」

ジーナはぽかんと口を開けてしまう。

え？　なんで？　なんで、あんな陰気で冴えないお姉様が、あの素敵な公爵様に引き取られるの？

「ど、どうし、て？」

「知らん、聞くな！　どこがいいのか、私にだってさっぱりだ！」

スワレイ伯爵がバンッとテーブルを叩き、ジーナは身をすくませた。

「し、知らないって、で、でも、そんなの……」

おかしい！　と言おうとしたジーナは、シリウスに「不細工」「醜女《しこめ》」と罵《ののし》られたことを思い出す。

「も、もしかして、お姉様の方がジーナより可愛いってこと？　そ、そんなこと、ないわ、よね？」

ジーナが呟くと、母親のメリッサがすかさず取りなした。

「ああ、ジーナ。大丈夫よ、あなたの方がずっとずっと可愛いわ。いつもそう言っているでしょう？　でも、好みは人それぞれで、多分、オルモード公爵閣下にとっては、その……」

母親が口ごもったその先を、ジーナが言葉にした。

「オルモード公爵様にとっては、お姉様の方が可愛く見えたってこと？」

ジーナは茫然自失となる。

あんな素敵な人に、あんな素敵な人に、あんな素敵な人に、お姉様は可愛いって思われたの？

「ずるい……」

ジーナから漏れたのは、いつもの言葉である。ショックから立ち直ると、そこにあったのは嫉妬丸出しの般若《はんにゃ》の顔だ。ずるいという言葉を辞書で引けと言われそうだが、当の本人はいたって真面目。本気でそう思っている。ずるい、と。タガが外れたように、ジーナが騒ぎ出す。

「ずるい、ずるい、ずるい、ずるい、ずるいいぃぃいいいいいぃ！　お姉様ばっかりぃ！　どうしてぇ？　なんでぇ！　ジーナも養女になりたい！　あんな素敵なお父様が欲しぃ！」

「じ、実の親がいるだろう！　ここに！」

あまりの言いように、スワレイ伯爵が目を剥《む》くと、ジーナがすかさず切り返す。

「お父様は格好よくないもん！　オルモード公爵様と比べると月とすっぽんだもん！　体付きはひょろいし、気品は足りないし、顔は平凡だし！　時々臭いし！　いつも横柄で威張りくさっているくせに、身分が上の人にはへこへこ腰が低すぎて、何か嫌っ！」

そう言ってジーナはわあわあ泣き出したが、罵倒されたスワレイ伯爵の方が気の毒である。ショックを隠せず顔面蒼白だ。実の娘からこき下ろされるなんて、不名誉以外の何ものでもない。

「ジ、ジーナ！　い、言いすぎです！」

母親のスワレイ伯爵夫人がたしなめると、ジーナがきっと睨みつけた。

「じゃあ、もし選べたら、お母様はどっちと結婚したい？　オルモード公爵様？　それともお父様？」

そう問われて、スワレイ伯爵夫人であるメリッサが言葉に詰まったものだから、まさに立つ瀬なし、である。スワレイ伯爵の額に、ピキリと青筋が立った。

「いい加減にしろ！　お前達！」

怒声を上げ、がんっと拳でテーブルを叩いた。憤怒《ふんぬ》の形相である。

「お前達まで私を馬鹿にするのか！　え？　出来損ないだと！　兄より劣ったスペアだと、そう言いたいわけか？　付け上がるのもいい加減にしろ！」

スワレイ伯爵の激高に、食堂がしんっと静まりかえる。

「私だってな！　セレスティナのような問題ばかり起こす馬鹿娘を、公爵家へなどやりたくなかった！　スワレイ伯爵家の赤っ恥だ！　恥さらしだ！　あんなのが公爵家を名乗るなんて、我慢ならん！　だけど、逆らえないんだ！　あの方が、あの出来損ないの馬鹿娘がいいと、そう言ったんだ！　その判断は私じゃない！　私じゃないんだ！」

スワレイ伯爵が再度、がんっとテーブルを叩いた。怒りで我を忘れているのか、出来損ない、馬鹿娘、などの言葉をぶつぶつ繰り返す。

なんとも気まずい空気の中、家族揃って黙々と食事をしていると、執事が来客を伝えに来た。ジーナを迎えに来た者がいるという。

執事に促《うなが》され、両親と一緒に玄関ホールまで出向いたジーナは、目を見張った。なんとそこには、筋肉が異様に発達した男女が、ひしめき合っていたのだ。男も女も一様に筋肉ムッキムキである。女性はドレス姿で、男性はノースリーブのタイツ姿だ。筋肉自慢の者達が横一列に並び、玄関ホールで全員ポージングである。

代表らしい爽やか系筋肉ムキムキマンが進み出て、挨拶をした。

「おめでとうございます！　スワレイ伯爵！　我が筋肉ムキムキ貴婦人養成学校は、毎年一名、四年間の授業料免除の特待生をご招待しているのですが！　それにあなた様のご息女であるジーナ様が当選致しました！　ですので、こうしてお迎えにあがった所存です！」

そう言ってまたまたぐぐっとポージング。爽やかな笑みは、喜んでくださいと言わんばかりだ。

「は？」

スワレイ伯爵がぽかんと口を開けた。ジーナもまた、いきなりすぎて思考がついていかない。

どういうこと？

「我が筋肉ムキムキ貴婦人養成学校は全寮制で、二十四時間体制の警備を敷いておりますのでご安心を！　大切なお嬢様を四年間、きっちり守り抜きます。邪《よこしま》な異性の侵入を許さず、そして、そしてぇ！　逃げ出すことも不可能です！　四年間みっちり、是非我が校で鍛錬《たんれん》に励んでいただきたい！　筋肉美溢《あふ》れる立派な貴婦人となられることを願って、サイドチェストオオオォ！」

爽やか系、筋肉ムキムキマンがそう叫び、横からの筋肉の厚みを強調しまくった。さあ、見てください！　見事でしょう！　と言わんばかりに。

スワレイ伯爵は慌てた。慌てまくった。

「いや、ちょ、ちょっと待て！　わ、私は娘をそんなところへやる気は……」

「お父様ぁ……」

ジーナが助けを求めるように、父親にすがりつく。

執事が今度は、バーデ侯爵の到着を知らせてくる。

「旦那様」

「ジーナ嬢を迎えにあがった所存」

蜂にあちこち刺されたような顔の男がぬっと顔を出し、ジーナは悲鳴を上げた。脂《あぶら》ぎった頭に、

でっぷりと太った男の顔は、ボコボコに腫《は》れあがり、見るも無惨な有様である。じいっと目をこらして、ようやくそれがバーデ侯爵だと分かる。

「バーデ侯爵閣下？」

おそるおそるスワレイ伯爵がそう問うと、ぼこぼこ顔の男が頷く。

「そうだ」

声は確かにバーデ侯爵のものだ。

「その顔は……？」

スワレイ伯爵に問われ、バーデ侯爵が激高した。

「言うなぁ！　私だって訳が分からん！　気持ちよく昼寝をしていたところを、蜂の大群に襲われ、しつこくしつこくしつこく刺され、この有様だ、文句があるか！」

「いいえぇ、ございません！」

びしぃっとスワレイ伯爵が背筋を伸ばす。

「ジーナ嬢、さ、来るんだ」

バーデ侯爵に手を差し出され、ジーナは目を剥《む》いた。

絶対に嫌！

心の中でそう叫ぶ。バーデ侯爵は体をべたべた触る変態エロおやじ、ジーナの認識はそうであった。手を取るなんてもってのほか！　論外である。汗ばんだ手なんか触りたくもない。

「い、嫌よ、な、なんで！」

ジーナは一歩二歩と後ずさる。

「そうしないと、私が破産するからだ！」

バーデ侯爵が声を荒らげた。バーデ公爵の話によると、投資の失敗で作ってしまった借金に苦悩していたところ、スワレイ伯爵令嬢のジーナと結婚すれば借金を肩代わりしてやってもいいと、匿《とく》名《めい》の人物が打診してきたという。相手が誰だか分からない怪しさ満載の申し出だったが、借金で首が回らなくなっていたバーデ侯爵はこの話に飛びついた。

元々、幼女から熟女までなんでもござれの侯爵だ。美少女であるジーナとの結婚で借金が帳消しになるのなら悪くない、そうほくそ笑み、意気揚々《いきようよう》とスワレイ伯爵のところへ結婚の申し込みをしにやってきたというわけであった。どうせ断れないだろうと高をくくって。

慌てたのはスワレイ伯爵夫妻だ。二人の顔がさあっと青ざめる。愛娘のジーナを色狂いのバーデ侯爵に嫁がせるなんて、悪夢以外の何ものでもない。

「そもそも！　娘との結婚はスワレイ伯爵、お前が言い出したことだろう？」

バーデ侯爵が怒鳴り散らす。

「この私との繋がりを強めたいと、長女のセレスティナ嬢を差し出したのはお前だ！　是非とも結婚してくださいと泣きついたじゃないか。それをジーナ嬢に変更しただけ！　文句があるか！」

ざわりと周囲が揺れる。

えー？　娘を売ったのか？

そう言わんばかりだ。使用人達の非難の眼差しが集中する中、メリッサがぱんっと手を叩いた。

「あ、あなた、筋肉ムキムキ貴婦人養成学校が待っていますわ！」

とってつけたように、そう口にする。

「そ、そうだな！　四年間我慢すればいいだけだ！　そちらの方がマシだろう！」

スワレイ伯爵も賛成に回る。ジーナは目を剥《む》き、早くも泣き出した。

「お父様、お母様、ジーナはどっちも嫌よ！」

「ええい！　ガタガタ言うな！　好色変態エロおやじに玩具《おもちゃ》にされるよりはマシだ！」

「……好色変態エロおやじとは誰のことだ？」

バーデ侯爵がドス黒いオーラを発して突っ込んだ。

「き、聞き間違えです！　さ、ジーナ！」

「いってらっしゃい、頑張って？」

スワレイ伯爵夫妻はひきつった笑みを浮かべつつ、愛娘を送り出す。爽やか系筋肉ムキムキマンが今一度ポージングをし、宣言した。

「かしこまりました！　我が校が責任を持って、お嬢様を筋肉美溢《あふ》れる淑女に育ててみせますので、どうかご安心を！　それではこのへんで、失礼させていただきます！」

「お父様ぁあああああ！　お母様ぁあああああああ！」

ジーナは泣き叫ぶも、筋肉ムキムキ教師達にひょいっと担ぎ上げられ、えっほえっほと持ち去られていく。その光景を目にして、あせったのはバーデ侯爵だ。

「お、おい！　私の花嫁をどこに連れていった？」

「たった今、筋肉ムキムキ貴婦人養成学校へ入学致しました」

スワレイ伯爵がそらっとぼけ、バーデ侯爵は目を剥《む》いた。

「のわあああああぁ！　つ、連れ戻せ！　あれと結婚しないと私は破産だ！　無一文になる！」

「それはお気の毒ですね」

スワレイ伯爵はそう言った。

「娘の行き先は、筋肉ムキムキ貴婦人養成学校です。交渉はあちらとどうぞ」

バーデ侯爵が唾を飛ばしてがなり立てる。

「筋肉ムキムキ貴婦人養成学校は、国軍と繋がりがあるだろう！　歴代の将軍達が後ろ盾だ！　私でもそうおいそれと手は出せん！　連れ戻せ！」

「無理です」

スワレイ伯爵が言い切り、バーデ侯爵が目を剥《む》いた。

「私が破産したら、お前も破滅だぞ！　共同事業の手助けは、今後一切できなくなるからな！」

「……どうぞお構いなく。オルモード公爵閣下が、きっと助けてくださるでしょう」

不安を滲《にじ》ませながらも、スワレイ伯爵はそう答えた。オルモード公爵に引き取られた母親に泣きつけばなんとかなる、そう考えたのだ。

だが、母親と連絡を取ることが不可能だということに、今の彼は気が付かなかった。

手始めは、おかけになった電話番号は現在使われておりません、のあれである。スワレイ伯爵がかけた電話だけが繋がらない、という不思議現象が起きる。

手紙を書けば宛先不在で届かず、直接押しかけようとすれば、馬車は何故か道に迷い、ぐるぐる堂々巡りを繰り返すという珍現象に見舞われる。狐に化かされたよう、というあれだ。必ずかわされる。

シリウスが張り巡らせた妨害を突破する……まず不可能である。どんな手を使っても近付けない。というわけで、この時点で既に、スワレイ伯爵も破滅コースまっしぐらであった。彼自身はまだ気が付いていないが。

バーデ侯爵は頭を抱えた。

「ぬおお！　スワレイ伯爵！　き、貴様！　覚えていろ！　後悔しても知らんからなぁ！」

バーデ侯爵はそう捨て台詞《ぜりふ》を残し、ふらふらと立ち去った。

スワレイ伯爵夫妻が玄関ホールでそうした対応に追われている頃、使用人達もパニックになっていた。なにせ、身内が急病で倒れ、すぐさま帰ってこいという電報が、使用人一同にじゃんじゃん入ってきていたからだ。驚かないわけがない。そもそも、緊急事態を知らせるのに、なぜ電報なのか……

祝電や弔電ならともかく、今時、緊急事態で電報を使う人はまずいない。電話という便利な魔道具が、今では一般家庭にも広く普及している。そう、電話一本で事足りるのだ。当然のように、スワレイ伯爵邸に設置されている電話に使用人が群がり、事実を確認しようとするも、そこでようやく電話が不通であることに気が付き、使用人一同これまた途方に暮れた。

一体どうなっているのか……

結局、電報を受け取った使用人全員が、スワレイ伯爵の許可を取り、一時的に実家に帰ることになった。王都に自宅がある者は、数時間もあれば行って帰ってこられる。夕食の支度までには間に合うだろう、そんな考えだ。

使用人一同が出払えば、伯爵邸はほぼ無人である。邸《やしき》にいるのはスワレイ伯爵夫妻と、二日酔いで寝込んでいるブレンダの三名であった。重力変化の魔法によって、全身打撲のような症状に見舞われていたブレンダは、その痛みを和らげようと、ワインをがぶ飲みしたのである。

その三人が異常に気が付いたのは、使用人達がいなくなって、まもなくのこと。

書斎で書き物をしていたスワレイ伯爵は、ポンポンという何かが弾けるような音を耳にし、そちらに顔を向け、目を剥《む》いた。

黒い何かが、弾けつつ増殖しているのだ。ポンッと弾ける音で一匹が十四になる。ポポポポポンという音で、あっという間に増えていく。あれよあれよという間に、床一面を埋め尽くした黒いカサカサ……そう、ゴキ××にスワレイ伯爵は悲鳴を上げた。

たかが虫だが、されど虫。生理的嫌悪を覚えるのに男も女も関係ないらしい。スワレイ伯爵は急ぎ椅子の上に上がって避難するも、増殖は止まらない。床一面の黒いカサカサはどんどん嵩《かさ》を増していく。まるで洪水のよう。アレの洪水などおぞましい以外の何ものでもないが。

「た、助けてくれ！　だ、誰かいないのか！」

スワレイ伯爵は半狂乱でそう叫ぶが、使用人一同、実家に帰っていることに気が付く。どうすればいいというのか……。心臓は早鐘を打ち、冷や汗が浮かび、思考もままならない。ただただ時間だけが過ぎていく。

数匹のアレが自身の体を這《は》い上ってきた時点で、スワレイ伯爵の何かがプツッと切れた。うわああああああああ！ と叫びながら、弾かれたように黒いカサカサの洪水の中を走り出し、書斎の扉を開け飛び出すと、大量のアレも一緒にどーっと流れ出す。

一方、大酒をかっくらって、昼過ぎまでガーガー寝ていたブレンダは、ふと目を覚まし、サイドテーブルにあったワイン瓶に手を伸ばし、それを掴んだ。と、ぐしゃりと嫌な感触を覚え、顔をしかめる羽目となる。

視線をそちらに向け、ブレンダは目を剥《む》いた。

黒いカサカサがそこここを這《は》い回っていて、なんと、ワイン瓶についていたそれを、握り潰してしまったのである。おぞましいことこの上ない。

もし、ブレンダに声が上げられれば、んぎゃああああああああ！ とそんな悲鳴を上げていたところだろうが、実際は息が詰まり、ひゅっと奇妙な呼吸音が漏れただけである。ポポポポポポポン！ というなんとも軽快な音と共に、黒い物体が増殖していく。あっという間に、絨毯《じゅうたん》を埋め尽くした黒い物体の嵩《かさ》が増していく。

カサカサカサカサカサカサカサカサカサ……。視界を埋め尽くす黒い物体と、これまた不快な音が聴覚を刺激し、再び、ひゅっという呼吸音がブレンダの喉の奥から漏れた。

「みぎゃあああああああああああ！」

ぶわっと毛穴が開き、全身から汗が噴き出すと同時に、今度こそ、今度こそブレンダから悲鳴が漏れた。漏れまくった。半狂乱である。義弟であるスワレイ伯爵と同じように扉に飛びつき、ど〜っと流れ出す黒い物体ごとブレンダは廊下へ転がり出た。

「ひぃぃいいいいいいいいいいぃぃぃ！」

ブレンダは悲鳴を上げながら、目の前に続く長い廊下を、可能な限りの速度で必死で駆けた。今までこんなに必死に走ったことなどない。

息を切らしつつ、死にもの狂いで駆けていくと、なんと向こう側からも黒い物体の集合を背負ったスワレイ伯爵が駆けてくる。が、ユーターンをしたくとも、ブレンダの背後にも黒いカサカサの大群が迫っているので、それは無理である。

「じぇえむずうううううううう！」

「うわああああああああ！　来るな、来るな、来るなぁ！」

スワレイ伯爵が必死の形相で、泣き叫ぶ。それはこっちの台詞《せりふ》だとブレンダは思ったが、流石《さすが》の彼女にも突っ込む余裕などない。自分の右手側、伯爵側からすると左手側に伸びる廊下に同時に曲がり、並んで走った。走りまくった。

「あなたあああああああああああ！」

同じように避難してきたらしいスワレイ伯爵夫人と途中で合流するも、彼女もやはり背後に大量のアレを連れている。二人とも来るなぁあああああと言いたくとも、やはり声にならず、三人揃って逃げ回った。それはもう必死の形相で。

「開かない、開かない、開かない、どうしてだぁああああああ！」

スワレイ伯爵が玄関の扉をガンガン叩く。なんとか玄関ホールまで辿り着いたはいいが、扉は押してても引いてもびくともしない。絶対に開かないよう、扉という扉、窓という窓が、瞬間接着剤できっちり密閉されていることなど、彼らは知らない。知るよしもない。

玄関で立ち往生していた三名に、黒い物体がどうっと雪崩《なだれ》のように襲いかかったのはその直後のこと。黒いカサカサに埋もれて、彼らの姿は見えなくなった。外へ出ることのできないアレらはその後、増殖に増殖を続け、邸内に溢《あふ》れまくった。それこそ邸《やしき》を埋め尽くすがごとく。

実況中継、黒いカサカサさん達と仲良しこよしになったご気分は？　そう問いたいところだが、スワレイ伯爵夫妻とブレンダの三名は、既に黒い物体の中に埋もれている。

その後、実家からの連絡が偽の電報であったことを知り、戻ってきた使用人達が目にしたのは、黒いカサカサが、びっしり邸《やしき》を覆っている惨状であった。

「うひいいいいいいいいいいいいいい！」

遠目でも、うごめく黒い物体を目にした使用人達は、半狂乱である。アレの張り付いた邸《やしき》になど誰も近付けない。遠巻きに怖々眺めるだけだ。使用人達に呼びつけられた駆除業者も、プロであるにもかかわらず、目にした現状に既に及び腰である。なんじゃこりゃ？　な状態だ。

「は、早く退治してください！」

「そ、そう言われましても！」

使用人達にせっつかれた駆除業者は、いまだかつてない状況に後ずさる。気持ちはもの凄く分かると、使用人達は思った。アレで埋まった邸《やしき》になんぞ入りたくない。

窓から見れば、室内が黒いカサカサで埋まっていることは一目瞭然《いちもくりょうぜん》だ。スワレイ伯爵は今後、ゴキ××伯爵と呼ばれること間違いなしであろう。がさごそと動き回る物体に、ぞぞぞと総毛立つ。誰もが尻込みする。お前が行け、いや、お前がと押しつけあうばかりだ。

結局、駆除業者は本社に連絡を取ったあと、完全防御で駆除に挑むことになった。ゴーパーゴーパーと呼吸音が重い防護服を身にまとい、邸《やしき》の外から駆除剤を散布して回る。次いで邸《やしき》の中へ入ろうと駆除業者が窓を破ると、どーっと滝のごとくアレらが流れ出し、それを遠くから見ていた使用人一同は、再び、ひぃぃ！　と悲鳴を上げた。

黒いカサカサの滝……見たくない、絶対見たくない。視覚の暴力だ。

そんなこんなで、スワレイ伯爵夫妻とブレンダの三人が悪夢から抜け出せたのは、なんと朝日が昇ってから。泡を吹き完全に気絶していたので、全員担架で病院に運ばれることとなった。

三人とも精神的ショックが大きくて、しばらくはなんの反応もなく、運び込まれた病院先でただただお世話になりっぱなしであったが、唯一ブレンダだけは息を吹き返すなり、酒、酒と騒いだという。もう一度アレ漬けにしてもいいかもしれないという元気さだ。

一方、スワレイ伯爵夫妻は、長いこと屍《しかばね》のようになって過ごしていた。完璧に黒いアレがトラウマとなったようで、天道虫《てんとうむし》が飛んでも騒ぎ出す有様であった。

「虫のいない場所へ行きたい……」

ある時、スワレイ伯爵は、ぽつりと漏らしたという。

第七話　ほわほわ夢心地

オルモード公爵邸に移動した翌朝、目を覚ましたセレスティナは、天蓋付きのベッドの上で、シリウスに抱きしめられて寝ていた。その温もりに心がほわほわ温かくなる。

これ、夢じゃないわよね？

間近にシリウスの顔がある。そうっと手を伸ばせば、柔らかな白銀の髪がさらりと揺れた。まつげが長いわ。鼻筋は通っていて唇は薄い。

ふと、昨夜のことを思い出し、セレスティナは顔を赤らめた。

昨夜は馬車からここまで、シリウスが抱き上げて運んでくれたのだ。辞退しようとしても、養女になったのだから遠慮はいらないと下ろしてもらえなかった。

客室のベッドに寝かしつけられたあと、シリウスは傍らの椅子に腰かけ、いろんなお伽話《とぎばなし》を聞かせてくれた。多分、気を紛らわせようとしてくれたのだろう。この時、幼いシャーロットやイザークと一緒に寝た時もこうして語ったことを知ったセレスティナが「楽しそうですね、私も一緒に寝てみたかったわ」と口にすると、シリウスは既に寝入っているはずのシャーロットを呼んでこようとして、セレスティナを慌てさせた。

——シリウス様だけで大丈夫です！

迷惑をかけまいと叫んでしまい、羞恥《しゅうち》に顔を染めたことを覚えている。

私ったら何を言って……

軽いパニックになってしまい、一人で寝られますと言えばよかったのだと気が付いたのは、ずっとあとになってから。幼子のように添い寝され、今更だが、自分のやらかし具合が恥ずかしくてたまらない。

「気分はどうだ？」

シリウスの声で、セレスティナははっとする。目を覚ました彼が大きな手でセレスティナの髪を撫でた。じわりと涙が浮かぶ。どうして彼はこんなにも温かいのだろう。欲しくて欲しくて、どうしても手に入らなかったものがここにある。

「やはり、両親のことがショックだったか？いきなり事実を知らされて……」

「いえ、あの、だ、大丈夫です！　確かにビックリはしました。でも、その、妙に納得もしてしまって……本当の子じゃないのなら、愛されなくても不思議はないかなって……。自分のどこが悪かったのかと散々悩んだので、逆にすっきりしたというか……」

「……祖母君はティナを愛している」

シリウスがそう告げた。

「ええ、知っています。唯一の味方がお祖母様でした」

「朝食に行こうか。身支度をするといい」

ふわりと笑い、シリウスがセレスティナの額にキスをする。

シリウスが部屋を出ていくと、入れ替わるようにしてやってきた侍女のメアリーが、湯浴みの用意をしてくれた。メアリーはふくよかな中年女性で、笑った顔が温かい。ふわふわの泡風呂でセレスティナを磨き上げ、香油で丁寧に髪を梳《くしけず》る。念入りに爪の手入れまでしてくれた。

メアリーが選んでくれたドレスを身につけ、セレスティナが朝食の場へ降りると、食卓についていたシャーロットが喜びで顔を輝かせた。

「ティナ！」

飛びつくようにしてぎゅうっと抱きしめられ、セレスティナの心が喜びに沸いた。

不思議だわ。ほんの数週間会わなかっただけなのに、なんだか懐かしい。

「よかったわ、無事に養女になったのね？」

シャーロットがそう言うと、同じ食卓についていた医師のバーニーが目を丸くした。どうやら彼もここへ泊まったらしい。

「へ？　養女？」

そう口にし、立ち上がると、セレスティナの傍までやってきてしげしげと眺める。

「彼女はシリウスの婚約者でしょう？」

「うーん、そういう希望もあったけど、ねぇ？」

シャーロットがセレスティナに目配せし、イザークが仰天する。

「はぁ？　ティナが父上の婚約者？」

イザークの慌てぶりにセレスティナがはたと気が付く。

あ、そうか。イザーク様は何も知らないから……

「僕はそう聞いてるけど？」

バーニーがそう答えると、イザークが父親であるシリウスに詰め寄った。

「どどどどどういうことだよ、父上！」

そこへ、執事のスチュワートがやってきた。彼は金色ボディのマジックドールだ。

「マスター、電報です」

「……読み上げろ」

シリウスがそう命じると、スチュワートがそれに従う。

「オルモード公爵閣下、ご婚約おめでとうございます」

途端、ぶうっとシリウスが口にした水を噴き出した。げっほげほとむせる。どこかで見たような光景だ。その後も延々延々、ご婚約おめでとうございます、という祝電が続く。

「ち、ちちうぇえええええええええええ！」

「煩《うるさ》い、騒ぐな！　今調べる！」

イザークが涙目で叫び、シリウスが急ぎ懐中時計型指令機を操作し始める。

「あ、それなら、僕が知り合いの新聞社に、君の婚約をすっぱ抜かせた」

のんびりとそう言ったのはバーニーだっ。シリウスは目を剥《む》く。

「君が寝ているうちにこっそりとね。だってさぁ、君、圧力をかけて、セレスティナ嬢との関係を嗅《か》ぎつけた新聞社の記事、差し止めただろ？　あれはよくない。ロリコンって言われるのが嫌だからって、隠すのはやめた方がいいよ。こういうことは、きっちり周囲に知らせておかないと、いろいろと面倒なことに……」

「違う！　この大馬鹿が！」

シリウスは激高して立ち上がると、バーニーに詰め寄り、彼の胸ぐらを掴んでゆさゆさ揺さぶる。

「周囲の批判なんか誰が気にするか！　ロリコンだろうとなんだろうと好きなだけ言え！　もみ消したのはティナのためだ！　ティナは私の花嫁でも婚約者でもないんだ！　ああ、くそっ！　お前はいつもいつも余計なことばかりする！」

「違う？　いや、でも……」

「ティナは私の養女で娘なんだ！　昨夜はちょっと頭に血が上っただけ！　勘違いするな！」

「へー？　勘違い？　あ、そうなんだ？　なら、セレスティナ嬢はフリーってこと？　じゃあ、僕の息子と婚約なんてのは……」

バーニーがけろりと言う。

「させるかぁ！」

シリウスが叫ぶのと同時に、バーニーの足下の床がガコンと開く。が、彼は予想していたのか、後方に跳んでそれを避けた。運動神経はいいようである。

「ほーら、ちょっと揶揄《からか》っただけで、この反応。あのね、僕の息子はまだ一歳にもなってないよ。知ってるでしょう？　なのに、これ……。他の誰かに取られるのが嫌で嫌でしょうがないってことだよな？　これで娘って、ありえない。しっかり結婚を意識してるじゃないの」

バーニーが肩をすくめる。

「大体ね、昨夜の君の態度。あれ、なんなの？　見ているこっちが胸焼けするほどだったよ。抱っこして？　よしよしして？　寝かしつけて、彼女に向ける視線が、砂糖のシロップがけみたいに激甘。セレスティナ嬢が寂しいってほんの少しぐずっただけで、添い寝するし。しかも、こっちがちょこっと彼女に興味を示しただけで、見るな触るな……自覚ないんだったらここで自覚して、お願いだから。あれに振り回されたくない」

「ティナはまだ成人前の子供なんだ！」

「それが？　成人してから結婚だろ？　どこに問題があるのさ？」

シリウスが怒鳴っても、バーニーはけろりとしたものだ。

「私とは年の差が十八歳もあるんだぞ？　子供が抱く憧れと大人の恋情は違うんだって、お前だって分かってるだろうが！　この先ティナが心変わりする可能性は十分あるんだ！　これで婚約などしてみろ！　ティナが嫌がっても私は絶対手放せなくなる！」

バーニーが朗らかに笑った。

「なぁんだ、そんなこと気にしてたの？　ほんっと君って変なとこ心配性だよね。彼女の心変わりを懸念しているんだったらさ、そうならないように頑張ればいいんじゃない？」

ははははとバーニーはあくまで脳天気である。当のセレスティナははらはらしっぱなしだ。

シリウス様がぷるぷる震えている。怒っていらっしゃる？

「それに、ほら、祝電がまだまだ入ってくる」

バーニーがそう指摘する。確かに先程から、延々延々金色ボディのマジックドールが、祝電を読み上げている。ご婚約おめでとうございます、おめでとうございます、おめでとうございます……読み上げる先から、ピーッと鳴って、新しい祝電が入っているようだ。

バーニーが言った。

「ね？　これを全部否定したら、セレスティナ嬢が傷物にならない？　ま、君のことだから、噂を全部もみ消して回るのかもしれないけど、悪意ある目は当然残ると思うけどなぁ？　結婚したいって気持ちがあるんなら、ここで観念しちゃった方がいいと思うけど？　その方が彼女も無駄に傷つかずにすむ」

「……婚約式をしよう」

シリウスがぼそりとそう口にし、パチパチとバーニーが拍手をする。

「はいはい、大正解」

けれど、シリウスはどう見ても乗り気ではない。げっそりした風体の彼を見て、申し訳なくなったセレスティナが、おずおずと言った。

「あ、あの、嫌なら無理にとは……」

「違う！　嫌じゃない！　逆だ！」

あーっ、泣かした泣かしたと、囃《はや》し立てたバーニーが、勢いよくシリウスに突き飛ばされる。

「君を堂々と囲えるから、もの凄く嬉しい！　けど、婚約なんかすれば、絶対、絶対！　君に執着するに決まってるんだ！　付きまとって付きまとって離れなくなる！　そんなのがいいのか？」

「すごっ！　自分で言った！　ストーカー粘着男だって宣言！」

バーニーが突っ込み、シリウスが怒鳴る。

「黙ってろ！　かわし方だけ抜群に上手くなって、忌々《いまいま》しい！」

再び床がガコンと開き、それをバーニーが同じように飛んでかわすと、今度はすかさず上からたらいが落ちてきた。バーニーの頭に金属製のたらいが直撃し、ごわぁあぁんというい い音がする。

あ、痛そう……。うずくまってる。

「ちょ、なんでたらい？」

バーニーが上を見ても、天井があるばかりだ。セレスティナも一緒になって天井を見上げる。

私も不思議。どうやったのかしら？

「適当に何か落とせと命じたらこうなった！　大人しく落ちて流れていればいいものを！」

シリウスがそう叫び、バーニーが目を剝《む》いた。

「流されるのはもっと嫌だろ！　汚物じゃないんだから！」

「じゃ、爆破か？」

バーニーが怒鳴った。

「過激になるなぁ！　ほんっと学生の頃から全然変わらない！　何かあると爆破爆破爆破！　爆弾が日に日に小型化！　やり口がどんどん巧妙になる！　君の場合、頭がいいだけにほんっと始末に負えないよ！　そんなんだから最狂公爵閣下とか言われるんだ！　さっさと婚約しちまえ！」

「あの、シリウス様？　私、とっても嬉しいです」

セレスティナがそう言うと、シリウスとバーニーのやりとりがぴたりと止まる。

「シリウス様のことが大好きです」

大好き……。イザークがセレスティナの言葉を繰り返す。

「愛してます」

愛してる……。またまたイザークがセレスティナの言葉を繰り返す。

「一生添い遂げたいです」

添い遂げたい……。イザークの蚊の鳴くような声が遠ざかっていく。

「ティナ、凄いわ。小気味いいくらい、ばっさりやったわね？」

シャーロットにポンッと肩を叩かれて、セレスティナは訳が分からない。

「ほーらほら、シリウス？　ここまで思われているんだ、もう、諦めろ？」

バーニーが朗らかにそう言った。ふっとセレスティナの視界が陰ったかと思えば、もうシリウスの腕の中だ。抱きしめられて温かい。

「……私も愛している」

耳元でそう囁かれて嬉しくて、口元が緩んでしまう。でも、さっきの声は一体なんだったのかしら？　セレスティナが周囲を見回すと、一人足りないことに気が付く。あ……

「イザーク様は？」

「ああ、ふて寝？」

シャーロットがそう答えた。

「ふて寝って……」

「ティナにふられたから、多分、寝室に閉じこもったのよ。ああ、気にしちゃ駄目。被害が拡大するから。まぁ、ティナに慰《なぐさ》められたお兄様が？　焼き餅焼いたパパにしばき倒されるって構図も笑えるけど？　ティナは笑えないでしょう？」

シリウス様に？　え、でも……

「絶対そうなるから、やめておいた方がいいわ。とにかく、お兄様はそこまでやわじゃないから大丈夫よ。七つの時、初恋の子にこっぴどくふられた時は指差して笑ってやったけど、三日で元通りだもの。あれは面白くなかったわ」

え、ちょっと、それは……

「それともパパを諦める？」

セレスティナは急ぎ首を横に振る。

諦めるなんて無理だわ。

「なら、少しは強くならないとね？」

シャーロットがそう言って笑い、セレスティナはこくんと小さく頷いた。

翌日、前日の夕食をすっぽかしてふて寝したイザークは、朝食の場に元気よく現れた。

「父上！　俺、諦めないことにした！」

そして既に席についていたシリウスに、晴れ晴れとした笑顔でそう宣言してのけたのだ。本当に元気いっぱいだ。セレスティナは驚き、イザークの顔をまじまじと見てしまう。

一晩で立ち直ったってことかしら？　凄い……。イザーク様は本当にしなやかで逞《たくま》しいのね。私には、こういった真似は無理だわ。シリウス様に拒絶されたらと考えただけで、手足が震えてしまうもの。

――なら、少しは強くならないとね？

シャーロットの台詞《せりふ》を思い出し、セレスティナは微笑んだ。

そうね、イザーク様には見習うところがたくさんありそう。

イザークがシリウスの前でぐいっと胸を張る。

「ほら、親に反発しつつ、子供は大人になるっていうし！　ティナも成長過程で心変わりするかもしれないだろ！　父上はやっぱりなんと言っても中年だし！」

ぴくうっとシリウスが反応し、セレスティナは眉根を寄せた。中年というには、まだ早いような気がしたからだ。片眼鏡をかけた端整な顔は見惚《みと》れるほど魅力的で若々しい。

でも、そうよね。二十代に見えるといっても、実際のシリウス様の年は三十四歳だから、私が十六歳の誕生日を迎えても年の差は十八歳もある。これぱかりはどうにもならないわ。

イザークが意気揚々《いきようよう》と先を続ける。

「そう、中年！　父上は中年なんだよ！　どんなに格好よくても、残念ながら年寄りだ！　だからこの先、ティナに年の差で嫌がられて、捨てられる可能性もある！　その点、俺はティナと同い年だ。普通に考えるなら俺の方がずっと有利だもんな！　これからいくらでも挽回できるはずだ！」

自信満々にイザークはふんすと胸を張ったが、シャーロットはさあっと青ざめている。

「お、お兄様、やめ、やめた方が！」

「……ほう？」

セレスティナも嫌な予感を覚える。

シリウス様は笑っているけれど、笑顔がもの凄く物騒な気が……気のせい？　気のせいよね？

当のイザークはまったく気にせず、爽やかな笑みを浮かべた。キラリと白い歯が輝きそうだ。

「だから、これから頑張って盛り返そうかと！　父上が結婚するのは、ティナが大人になってからって話だし！　父上と俺はライバルってことで、よろしくな！」

イザークは握手を求めて手を差し出すが、シリウスがその手を握り返すことはない。

「はははは！　よろしくか！　よろしくなどしているようでは、まだまだだな？」

シリウスが笑いながらイザークの肩をばしばし叩く。

「いたたたた、父上？　痛い痛い痛い！」

「ライバル相手によろしく？　この阿呆が、寝言は寝て言え。ライバルなど排除しろ、蹴落とせ、爽やかな笑顔なんぞいらん。どこのスポーツ少年だ、お前は。親という役割を離れるのなら容赦《ようしゃ》せん。そうだな、まずは好き嫌いをなくせ。三度の食事にトマトスープを大盤振る舞いだ。残さず食べろ？　泣いても認めん」

イザークが目を剥《む》いた。

「ちょ、待て待て待て、息子が！　成長しようとして、頑張っているのに、そんなんありか？　よく言った、頑張れとか、言えないのかよ?」

シリウスがふんっと鼻で笑い、イザークの抗議を一蹴する。

「はははははは! 好きな女を取り合う相手なんぞ、息子でも容赦《ようしゃ》するか。息子という立場から単なる間男に早変わりだ。ああ、そうだな、世間体が悪いなら可愛い我が子は谷底へ突き落とすと言ってもいいぞ? あくまで叩き潰す口実だが?」

シリウスがにやりと笑う。

「のおおおおお! 陰険だぁ! ちょっとは手加減しろぉ!」

「しない。ティナに寄るな触るな近付くな。視線を合わせるのも駄目」

「心せまっ!」

「広いなどと言った覚えはない」

ふんっとシリウスがそっぽを向く。やっぱりこういった仕草は子供のよう。

シャーロットが、ため息まじりに言った。

「あー、もう。お兄様ってば、パパの性格を、もうちょっと理解した方がいいわ。独占欲がもの凄く強いから、息子でも焼き餅焼くのよ。ママの時もそうだったじゃない。ママの愛情を二人で取り合ったこと、もう忘れたの? パパに寄るな触るなってやられたわよね? ライバル宣言なんかすれば、絶対こーなるに決まってる」

イザークは涙目だ。

「じゃあ、どーすりゃいいんだよ?」

「それくらい自分で考えて？」

「見捨てる気か？」

「馬鹿やったの、お兄様じゃないの。とばっちりはゴメンよ」

そう言いつつも、シャーロットがひっそり囁く。

「トマトスープこっそりこっちによこしなさいよ、食べてあげるから」

イザークが感激したように目を潤ませた。

「シャル……お前、いい奴だな」

「何よ、今頃気が付いたの？」

ま、頑張んなさい。無駄な努力のような気もするけど。

シャーロットにそう囁かれて、イザークは口をへの字に曲げる。

「……前言撤回」

むっつりとイザークはそう言った。


後日、セレスティナはシリウスと共に王室御用達の宝石店を訪れた。婚約指輪を購入するためである。いつもなら宝石商を公爵邸に呼びつけるらしいが、今回は店に行くことになった。

シリウスに連れられて立派な宝石店に足を踏み入れたセレスティナは、客達の視線に気圧《けお》される。

なにせ、シリウスと歩くと人目を引く。そのことに気が付いてからは、周囲の視線が気になって緊張しっぱなしである。案の定、店内にいた貴婦人達の熱のこもった視線がシリウスに集中し、「ほら、ご覧になって」「まぁ、素敵な方だわ」などと囁く声が耳に届く。

ええ、素敵よね……

改めてシリウスを見上げると、周囲の賛辞がよく分かる。肩まである長い白銀の髪はプラチナのようで、片眼鏡をかけた厳格そうな顔は麗《うるわ》しい。威風堂々《いふうどうどう》としたシリウスの姿は異彩を放ち、こうして人目を引いてやまない。

「ようこそ、オルモード公爵閣下。お待ちしておりました」

支配人らしき人物が恭《うやうや》しく出迎えた。

「当店にお越しいただけるとは、この上ない光栄です。どうぞこちらへ」

◇　◇　◇

子爵令嬢のダナは宝石店に入ってきた客に目を奪われた。ダナは自分の美貌を武器に若き侯爵を射止めた妖艶な美女である。

「ようこそ、オルモード公爵閣下」

支配人の言葉を聞いたダナは驚く。

公爵様？　私の婚約者より身分が上だわ。なんて素敵なの……

「なぁ、ダナ、これなんかどうだろう？」

ダナはぼうっと突っ立っていたが、夫となるハリス侯爵の声ではっと我に返る。

彼が指し示しているのは、大粒のダイヤモンドをあしらった指輪である。

「そうね。とっても素敵。でも、もう少し、いろいろ見て回りたいわ」

そう答えつつも、ダナの視線はどうしてもシリウスに向いてしまう。来客用のソファに、シリウス達が腰かけると、支配人が指輪の載ったジュエリートレイを恭《うやうや》しく差し出した。

「公爵閣下は婚約指輪をご所望とのことでしたので、数点、こちらで見繕《みつくろ》わせていただきました。どれも当店自慢の選りすぐりの品でございます」

婚約指輪と聞いて、ダナは興味津々だ。指輪の載せられたトレイを遠目から確認し、その素晴らしさに目を見張る。「当店自慢の選りすぐりの品」というのは伊達《だて》ではなさそうである。

「いかがでしょう？」

「……そうだな、悪くない」

シリウスがそう答えるのを聞いて、ダナは驚いた。

悪くないですって？　それで悪くないのなら、一体どんなものなら素敵だと言うのよ？

「あそこにある首飾りを見せてくれ」

シリウスの要求に、支配人は喜色満面となった。

「流石《さすが》はオルモード公爵閣下です！　あれに目をつけるとは、お目が高い！」

ダナははっとした。

あれは……そうだ、店の中央、一番目立つ場所に飾られていたブルーダイヤモンドの首飾りは、自分も目を奪われた。豪奢で本当に素晴らしい。ダナもそれとなくこれが欲しいと言ってみたところ、ハリス侯爵に渋い顔をされてしまった。相当値が張るに違いない。

「いかがでしょう？」

店員が手にした首飾りは、やはり素晴らしい。自分の首にブルーダイヤの首飾りがかけられる瞬間を夢見て、ダナはうっとりとした。

ゴージャスで素敵だわ。ああ、彼が私の婚約者であったなら……

「そうだな、これなら……。ティナ、後ろを向いて。ああ、そうだ、よく似合う」

隣にいる少女に首飾りをかけ、シリウスが満足げに笑う。

その光景を見たダナは目を剝《む》いた。

彼女にプレゼント？　嘘……あれが婚約者なわけがない。色気も何もないチンケな小娘だもの。だったら自分の方が……

「でも、これ……」

少女が戸惑うと、シリウスがなんでもないことのように言う。

「婚約指輪のついでだ。そうだな、十六歳の誕生日プレゼントということで」

「ドレスをたくさんいただいたわ？」

「これも追加だ」

笑うシリウスの顔がこれまた素敵で、ダナは見惚《みと》れてしまったけれど、やはり疑問は拭えない。どうして、何故？　と考えてしまう。そこへ支配人が恭《うやうや》しく進み出た。

「オルモード公爵閣下、でしたら、こちらはいかがでしょう？　そちらのネックレスと対になった指輪でございます。値段はかなり張りますが……」

「ほう？」

店員が差し出した指輪には、これまた大粒のブルーダイヤが輝いていた。少女が身につけたネックレスと対になる指輪というだけあって、やはり目を見張るほど素晴らしい。

「ティナ、手を」

おずおずと差し出された少女の手に、ブルーダイヤの指輪がはめられる。それを見たダナは、今度こそ我を忘れて叫んでしまった。

「嘘でしょう！」

静かな店内にダナの叫びが木霊《こだま》し、店にいた客全員の視線が集まる。もちろんシリウスの隣にいた少女の視線も。

◇　◇　◇

宝石店内に、突然驚いたような女性の声が響いた。視線を向けたセレスティナが目にしたのは、黒髪の美しい貴婦人だ。

「あ、あんなチンケな小娘がどうして！　どうしてあんた素晴らしいネックレスをプレゼントされるのよ！　対の指輪まで！　ありえないわ！」

甲高いきぃきぃ声で叫ばれた内容にセレスティナは傷つき、俯《うつむ》く。

チンケ……そ、そうよね。不釣り合いよね。

シリウスが苛立ったように言う。

「……ハリス侯爵をここへ呼べ。ああ、連れの女は下がらせろ」

どうやら女性の同伴者と面識があるらしい。支配人がその指示に従うと、黒髪の女性の連れの男性がこちらへやってきた。爵位を継いだばかりだろうか、二十代そこそこという若さである。

「あの女は誰だ？　随分と不躾《ぶしつけ》だな？」

シリウスの指摘に、ハリス侯爵が恐縮しきった様子で謝罪した。

「も、申し訳ございません、オルモード公爵閣下。私の婚約者でございます。彼女は、その、少々奔放《ほんぽう》な部分がありまして、ようく言って聞かせますので、何卒ご容赦《ようしゃ》を……」

「はじめまして。こんにちは、公爵様」

謝罪途中で耳にした声にハリス侯爵が驚いた顔をする。彼が目にしたのは妖艶な微笑みを浮かべた婚約者の姿である。店員に制止されたにもかかわらず、それを無視したらしい。

「ダナ、よせ。帰るぞ！」

「ああ、もう、いいじゃない。少しだけよ。ね、公爵様、とても可愛らしい婚約者ね。一体彼女のどこが気に入ったのかしら？　是非聞かせていただきたいわ」

ダナが色気たっぷりに微笑むも、シリウスの眼差しは冷たいままだ。

「……そう、ティナは可愛い。誰よりもな。チンケなお前とは比べものにならん」

ずばっとシリウスに切り替えされ、ダナはぎょっとなった。先程自分が口にした悪口を、そっくりそのまま返されたのだと気が付き、顔色を失う。

「いいえ、あの、先程のは言葉の綾で……」

「ハリス侯爵？　その女を連れ帰り、二度と私の目に触れさせるな。分かったな？」

シリウスの眼力に射貫かれ、ハリス侯爵から血の気が引く。

「そ、それは……いいえ、はい、本当に申し訳ありません」

「え？　ま、待って、まだ……」

「いいから来るんだ！」

ハリス侯爵が未練たらたらな婚約者を急き立てて店を出ると、シリウスが支配人に二言三言耳打ちする。支配人は恭《うやうや》しく頭を垂れた。

「承知致しました。そのように致します」

——あの客には宝石を売るな。

シリウスがそう告げた通り、ダナは有名宝石店から悉《ことごと》くそっぽを向かれる羽目となるのだが、それ以上に大変だったのは、今回の件でハリス侯爵が婚約を考え直すと言い出したことであろうか。

「ティナ？」

シリウスに呼びかけられて、セレスティナははっとなった。

「あ、ごめんなさい、私……」

先程のダナの言葉が棘《とげ》のように刺さっていて、気もそぞろだ。セレスティナが無理矢理笑うと、シリウスが彼女の手を取り、そこにキスをする。どきんとセレスティナの心臓が跳ね上がった。青い眼差しに包まれ、世界が一瞬にして薔薇色になる。胸のどきどきが鳴りやまない。

「どうだ？　気に入ったか？」

指にはブルーダイヤの指輪が燦然《さんぜん》と輝いている。

「ええ、あの、とっても素敵、です」

セレスティナは頬をほんのり染め、顔をほころばせた。気後《きおく》れしそうなほどの豪奢な指輪だったが、この時ばかりは素直に喜んだ。ブルーダイヤはシリウスからの最初の贈り物で、セレスティナにとっては特別な意味を持つからだ。

シリウス様の瞳の色、よね？

それだけでも心が弾む。嬉しそうなセレスティナの様子を見たシリウスは目を細めた。

「これでいい。サイズを直してくれ」

「かしこまりました」

支配人が喜んで応じ、恭《うやうや》しくセレスティナの指のサイズを測った。


身内だけが出席する婚約式には、シャーロットとイザークだけでなく、祖母のサラも出席した。医師のバーニー・ルースも一緒である。セレスティナは祖母の出席を心から喜んだ。

お祖母様の顔色が今日はとてもいいわ。お医者様が違うと、こんなにも変わるものなのね。

――あなたが幸せなのが一番よ。

サラは二人の婚約を祝福してくれた。

――公爵様、どうかセレスティナをよろしくお願いします。

シリウスと一緒に婚約の意思を伝えに行った時、サラはそう言って頭を下げた。年の差があるから反対されるかと思ったけれど、すんなり婚約を認めてくれて嬉しかった。

護衛の銃騎士達は教会の外で待機している。武器を持った人は教会内部には入れない。武器を内蔵したハロルドはちゃっかり出席していたが。黙っていれば分からないということらしい。

婚約式で身につけるのは、どちらも白い衣装と決まっていて、セレスティナは髪飾りに青い薔薇をあしらい、シリウスも胸ポケットに緑の薔薇を差している。

うわあ、正装するとさらに格好いいわ。

セレスティナはシリウスの姿に目を見張った。

シリウス様の白銀の長い髪が、白い婚約衣装に映えて、とっても素敵……

目が合うと、厳格そうなシリウスの顔がふわっとほころぶ。セレスティナはぱっと下を向いた。笑うとさらに素敵だと思ったのは内緒である。

司祭の進行に従って、セレスティナは誓いの言葉を口にし、婚約書にサインをする。その場でシリウスにはめてもらったのは、例のブルーダイヤの婚約指輪だ。青く輝く希少なブルーダイヤは見惚《みと》れるほど美しい。そして、最後に誓いのキスである。これで婚約式が終了だったが、セレスティナはがちがちに緊張してしまった。

なにせ、ファーストキスである。仲のいい家族だと、親愛の情を込めて口にキスをすることもあるが、セレスティナにはそういった経験がない。まったく動けなかったセレスティナに対し、シリ

ウスが身をかがめ、ちゅっとキスをする。唇が触れ合うだけの優しいキスだ。

ふわふわと舞い上がるほど嬉しくて、でも、舞い上がりすぎて、なんだか実感がない。

「婚約式って、キスすんのな……」

式が終わるとイザークがそう言った。何やら不満そうだ。こんなの聞いてないと言いたげである。

そこでようやく、セレスティナは先程のキスを実感した。かあっと頬が熱を持つ。

シリウスが顔をしかめた。

「あたりまえだ。婚約は一種の契約なんだから。結婚式でもそうだが、自分が口にした誓いを封じて守る、破らない、キスにはそういった意味があるんだ。現代では、ばんばん離婚するから、あまり意味のない誓いのような気がするがな」

「そうそう離婚するよな。全然意味ないかも」

イザークがしれっとそう言うと、すかさず切り返される。

「トマトスープ二倍」

シリウスの宣言にイザークは泡を食った様子で、慌てて取り繕《つくろ》った。

「違う違う、父上のことじゃない！　世間一般の話だ！」

本来両親が座る席に、セレスティナがちらりと視線を走らせると、どちらも空席だった。シリウスの両親も既に亡くなっている。

「前オルモード公爵閣下は、魔虫大発生の年に亡くなったのよね。ええ、よく覚えているわ。とても大変な年だった……」

無人の席を見つめ、祖母のサラが寂しげに笑う。

「あ、そうそう、その話、僕も知ってる」

バーニーが口を挟んだ。

「父親の敵討ちだとかで、当時十歳だったシリウスが、王都に群がった魔虫の殆《ほとん》どを駆逐《くちく》したんだよな？　王立魔道学院に入学した当時は、その話で持ちきりで、だーれも君に近付かなかった。随分と鬼気迫る戦い方をしたせいか、あの時既に、イカレ公爵って揶揄《やゆ》されてたもんな。王都を救った英雄なのに、ひどい話だ」

シリウスが鼻で笑う。

「英雄？　はっ、くだらん……」

「違うって言いたげだね？」

「ああ、違うとも。あれは単なる八つ当たりだ」

バーニーが目を見張り、シリウスは口角を上げて笑う。

「父の死は魔虫のせいじゃない。あの時父が開発した武器は未完成で、暴走の危険があったんだ！　なのに、あれに目をつけた国軍は父の忠告を無視し、結果、父は命を落とした！　だから本当は、その場にいた人間を皆殺しにしてやりたかったが、それをやると、あいつらを救おうとした父の命が無駄になる。だから我慢しただけ。魔虫どもを殺しまくって憂《う》さを晴らしたんだ」

「……前オルモード公爵閣下が作り出した魔道武器を、当時の国軍が無理矢理持ち出したって話、本当だったんだ？　だから陛下と仲が悪い？　あの当時、国軍に大きな権限を与えていたのは陛下だものね？」

シリウスは答えず、バーニーが苦笑する。

「うーん、でもさ、そこは普通に、英雄でいいんじゃない？　なんでわざわざバラすかな。あ、そうそう、明日はお披露目をかねた、セレスティナ様の誕生日会だよね？」

「……オルモード公爵令嬢だ」

シリウスがそう言うと、バーニーはきょとんとなった。

「は？　え？　何それ？　もしかして彼女の名前を呼んじゃ駄目ってこと？」

「馴れ馴れしい」

「いや、馴れ馴れしいって、あのね。イザーク様とシャーロット様は、僕、ずっと名前呼びしているじゃないの。なのに、彼女だけこれって……もしかして焼き餅？」

答えないシリウスを見て、バーニーが大げさにため息をついた。

「あのさ、今からそんなんでどうするの？　彼女が学院に行くようになったらね、クラスメイトはそんな固い呼び方しないよ。絶対、愛称呼びする奴が出てくる。もうね、これは慣れた方がいいじゃないと、セレスティナ様に嫌われるよ？」

ぴくりとシリウスが反応する。

「だって、そうでしょう？　クラスメイト達が、親しげに名前を呼び合っているところに、一人だけオルモード公爵令嬢なんて呼ばれてごらんよ。距離を置かれてるのが丸分かりじゃないの。つか、寂しい。泣く、絶対泣く。彼女を泣かせたい？」

シリウスが沈黙していると、バーニーがここぞとばかりに言い募った。

「ははは、ほーらそれは嫌でしょう？　なら慣れないとね？　ね、セレスティナ様もそう思うでしょう？　セレスティナ様も嫌なことは嫌と言わないと駄目だよ？　うんうん」

どう見てもシリウスを揶揄《からか》っているようにしか見えず、セレスティナは困ってしまった。バーニーが宥めるようにシリウスの肩をぽんぽん叩くと、突如、ギャースという怪鳥の鳴き声が……

え？　怪鳥？

その場にいた全員の視線が、翼を広げた怪鳥に釘付けになる。理解が追いつかず、セレスティナはぽかんとした。教会の中に翼を広げ、威嚇《いかく》している怪鳥がいる。

え？　なんで？　なんで教会に怪鳥が？　狙っているのはルース卿？　どう見ても彼に向かって威嚇《いかく》しているわ。確か、先程教会に設置されている聖水の器が青く光って……。もしかして召喚魔術なの？

「通りすがりの怪鳥に喰われてしまえ」

ふふふふふと例の悪巧み満載の笑みを浮かべたシリウスが言う。

「ちょ、ま、待て！　と、通りすがりの怪鳥なんているわけがないだろぉ！」

バーニーが目を剥《む》き、絶叫した。

「なに、さくっと召喚してんだよ？　召喚魔術なんて、とんでもなく術式が複雑なのに、こんな風に簡単に召喚できる魔道具なんて、いつの間に作ったんだああああああ！」

ギャースギャースと鳴く怪鳥につつかれそうになったバーニーは、慌てて教会を出ていった。彼が消えた教会の扉を眺めつつ、シリウスがぼそりと言う。

「……子供用の玩具《おもちゃ》『いつでもどこでも蛙とお友達』の開発者、誰だと思ったんだ？」

「パパよね？」

シャーロットが答える。シリウスが開発した玩具《おもちゃ》ボールは水の中に投げ入れるだけで、透き通るように輝く水晶蛙が召喚できるもので、小さな子供達だけでなく大人にも大人気だ。

「『いつでもどこでも蛇とお友達』ってのもある」

「それは子供達が泣くからやめて」

シリウスの提案をシャーロットがすかさず止めた。

「ね、パパ？　ティナの名前呼びは本当に慣れた方がいいわよ？　じゃないとティナが可哀想。虐められるかもよ？」

「虐め……」

シリウスがシャーロットの言葉を繰り返す。

「一人だけ、オルモード公爵令嬢なんて呼び方をさせたら、絶対そうなるわ。分からない？　ルース卿だって、ほら、パパのことをシリウスって呼んでる。親しい友人はみんなそうなるのよ。裏を返せば、オルモード公爵令嬢なんて格式張った呼び方をしてたら、親しくなんてなれっこないわ。ティナに悲しい思いをさせたくないでしょう？」

「……努力しよう」

シリウスは不承不承そう口にした。

第八話　自分色に染め上げて

「まぁ！　セレスティナ、綺麗だわ！」

セレスティナの十六歳の誕生日。着飾ったセレスティナを見て、祖母のサラは大層喜んだ。顔色はとてもいい。医師であるバーニー・ルースのお陰だろう。

セレスティナは鏡に向かって、今一度微笑んでみる。今日のためにと、特別に仕立てられたドレスは大変美しい。セレスティナは気に入ったが、シャーロットは不満げだ。

「……新緑色のドレスの予定だったのに、パパったら勝手に変更したのよ？」

セレスティナは首を傾げてしまった。

何が気に入らないのかしら？

改めて鏡に映った自分の姿を見返してみた。

白に近い銀色のドレスは、星屑《ほしくず》をちりばめたようにキラキラと輝き、青い薔薇の刺繍《ししゅう》が随所に施されていて、しっとりとした大人っぽさを醸《かも》し出している。

首に輝くのは例の大粒のブルーダイヤの首飾りだ。婚約指輪と同時にシリウスから贈られたもので、豪奢で洗練されたデザインが、白銀のドレスによく合っている。思い出の品であるブルーダイヤのブレスレットも身につけていた。髪には青い薔薇をあしらい、とても素敵である。

「似合わないかしら？」

不安になってセレスティナが問うと、シャーロットが複雑そうに首を横に振る。

「ううん、似合ってるわ。とっても素敵よ？　でもね、気が付かない？　白銀と青って……パパの色だわ」

シャーロットに言われて、セレスティナは初めて気が付いた。頬がほんのりと色づいてしまう。

確かにそうだわ。白銀のドレスに青い装飾品の数々……。うわあ。これだと確かに、シリウス様に抱きしめられているみたい。

シャーロットが地団駄を踏む。

「ああ、もう！　何よこれぇ！　ドレスも装飾品も全部全部！　ティナの全身、白銀とブルーじゃないのぉ……。パパったら、ほんっと独占欲の塊だわ。自分のものだから寄るな触るな、って自己主張しまくってる！」

「だよなぁ。ティナの誕生日プレゼントに、琥珀のイヤリングを贈ろうとしたら、父上に阻止された。結局、俺が贈れたのって本と菓子だよ」

イザークもげっそりとして同意する。

「まぁ、それは普通かも？　ティナに気があるって時点でアウトだし？」

シャーロットにそう言われて、イザークは涙目だ。

「じゃあ、どーやってティナにアプローチすんだよ？」

「あのねぇ、お兄様……。今日はティナの十六歳のお誕生日会だけど、婚約発表の場でもあるのよ？　それでティナにちょっかいかけるって、お間抜けもいいとこよ。お兄様はモテるんだから、他の女の子にも目を向けてみたら？」

「……俺、半竜」

イザークがぽつりと言う。どことなく意気消沈している。

「何よ、知っているわよ」

「気持ち悪いって言われるんだぜ？　鱗……」

鱗？　あ、もしかして喧嘩した時に見たあの赤い鱗のこと？

「あー……そういや、お兄様の初恋って、それで見事に壊れたのよね？　一緒に水浴びをしていた時に鱗が出て、気持ち悪いって言われて、それっきり……」

気持ち悪い？　いえ、でも……

セレスティナはちらりとイザークを見た。

確かに少しビックリするけれど、気持ち悪いと言うほどではないわ。もしかして、それで女の子に消極的なのかしら？　イザーク様はモテるのにもったいない。

「あ、あの、イザーク様は格好いいです！」

セレスティナは思わずそう言っていた。

「あの赤い鱗は、見方によっては綺麗ですし。大妖蛇《だいようじゃ》のキラキラした鱗もほら、綺麗で、迫力ある姿が格好いいじゃないですか！　大丈夫です！　自信を持って！」

頑張ってください、は、変よね？

最後の言葉で詰まってしまう。なんて言えばいいのか分からず、セレスティナが迷っていると、シャーロットが焦ったように割り込んだ。

「ティナ、駄目駄目駄目、下手に慰《なぐさ》めたりなんかしたら……」

「そっか、俺、格好いいか！　望みがないわけじゃないんだな？」

イザークが晴れ晴れとした顔で笑う。元気になってくれたのはいいけれど、元気になる方向が違うような。望みは、ごめんなさい、多分、ないわ。きちんと言った方がいいのかしら？

シャーロットが片手で顔を覆った。

「ああ、もう！　お兄様もそこで張り切らない！　本当にカンベンして！　流れ弾がこっちに飛んでくるじゃないの！　トマトスープを全部、自分で食べさせるわよ？」

そこへノックの音がし、ダークグレーの夜会服に身を包んだシリウスが姿を見せた。白い婚約衣装と同じくらい、こちらも素敵である。セレスティナを見つめる青い瞳が綺麗で、やっぱりぼうっとなってしまう。

「ティナ、手を……」

シリウスが大きな手を差し出した。

エスコートよね？　なんだか大人の女性になったみたいで、くすぐったい。

差し出されたシリウスの手に、セレスティナが自分の手を乗せる。

「綺麗だ」

シリウスが笑い、セレスティナの手の甲にキスをする。ほんのりとセレスティナの頬が色づく。

そのままシリウスに導かれ、一緒に会場へ向かった。

「オルモード公爵閣下、ご婚約おめでとうございます」

パーティー会場に出ると、高位貴族達にまじって王太子夫妻までが姿を見せ、セレスティナは驚いた。これだけでも、オルモード公爵家の凄さが分かろうというものだ。

「おめでとう、オルモード公。可愛らしいお嬢さんね」

そう言って笑う王太子妃のユリアナは、プラチナブロンドの優美な大人の女性だ。

「新聞発表の方が先とはね、驚いたよ」

アルフレッド王太子がそう口にする。アルフレッドの年は三十代くらいで、金髪碧眼《へきがん》の見目麗《みめうるわ》しい男性である。笑った顔がふわりと柔らかい。

シリウスとアルフレッドは、どちらも人目を引く美貌の持ち主だが、こうしてみると雰囲気は真逆だ。シリウスは上背があってどっしりとした重みがあり、硬質なダイヤモンドのよう。金髪碧眼《へきがん》のアルフレッドは線が細く、花束と甘ったるい口説き文句が似合いそうだ。例えるなら繊細な金細工といったところか。

「バーニーにやられたんだ」

シリウスがため息まじりに答える。アルフレッドが笑った。

「ははは、なるほどね。いい奴なんだけど、彼は人の迷惑を考えないところがあるから」

「まったくだ」

二人とも随分と砕けた口調だわ。もしかして……

セレスティナがおずおずと口を挟んだ。

「シリウス様、あの、お二人は……」

「うん、私とシリウスはね、王立魔道学院で同級生だったんだよ」

セレスティナの疑問に、アルフレッドが答えた。

「で、シリウスが優秀なのは知っていたからさ、気に入って、側近にしたいって言ったんだけど、断られたんだ。子供のお守りなんかゴメンだって。ひどいよな」

「どうせ、周囲から反対されたろ？」

そう言ってシリウスは相手にしない。

「そんなの、王太子権限で黙らせるよ。今からでもどう？　歓迎するけど？」

「御免被《こうむ》る」

「ははは、言うと思った」

「オルモード公爵は、わたくしではお気に召さなかったのかしら？」

突如、赤いドレスの女性が会話に割り込んできた。アルフレッドが、妹のエリザベスだと紹介する。エリザベスは、黄金色の髪をした美しい女性で、肌が白い。

王女様、とっても綺麗だわ。年は二十歳くらいかしら？　私とは違う大人の女性ね。

セレスティナが見惚《みと》れていると、エリザベスが手にした酒をあおった。

「こちらから結婚の打診をしても、見向きもしない。もう再婚する気がないのかと思ったら、急にこんな……。わたくし、あなたのことが好きだったのよ？」

「それは光栄です、王女殿下」

シリウスの淡々とした反応に、エリザベスは顔をしかめた。

「……にくったらしい。ちっとも嬉しくなさそうね？　皆が言うように、ロリコンだったたってことかしら？　大人の女性はお嫌？」

「エリザベス！」

アルフレッドの叱責に、エリザベスがいきり立つ。

「だってそうじゃない！　素敵な大人の女性というならともかく！　なんなのよこれは？」

エリザベスの白い指が、ぴしいっとセレスティナに突きつけられる。

すると、セレスティナの前にシリウスが立ち、エリザベスとアルフレッドの姿が見えなくなった。

二人の声だけが聞こえる。

「君が好みじゃなかったってだけの話だろう？　頼むからやめてくれ。大人しくしていると約束したじゃないか。婚約者の顔を見て、挨拶するだけだって」

アルフレッドがエリザベスをたしなめる。

「とにかく、彼は婚約したんだ。既に売約済み。エリザベス、君への見合い話ならたくさん来ているだろう？　その中から選ぶんだ」

「……お兄様はいいわよね？　好きな人と結婚できて」

そんな言葉を最後に、二人の声が途切れた。セレスティナがそうっとシリウスの背から出ると、立ち去るエリザベスの背が見えた。

「……同伴者二名の招待状は、殿下の妻と子供を招待したつもりだったんだがな」

「いや、本当にすまない。妹の我儘《わまま》に付き合うのは、今回限りだ」

アルフレッドがシリウスにそう謝った。

「と、そうだ！　ダンスはどうかな？　ほら、君にダンスに誘って欲しそうな令嬢が、たくさんいるけど？」

アルフレッドが取り繕《つくろ》うように言う。確かに、ちらちら視線を送っている綺麗な女性がたくさんいる。基本、ダンスは男性側から申し込むものなので、誘われるのを待っているのだろう。

「……殿下が誘えばいい」

シリウスの言いようにアルフレッドは苦笑する。

「君はいっつもそう言うな。どんなに綺麗な女性に誘われても、興味を示さない。だからロリコンなんて言われ……ああ、悪い。じゃ、私は行ってくるよ？」

ロリコン……やっぱりシリウス様は、そう言われているのね。

アルフレッドの言葉に、ずきりとセレスティナの胸が痛む。

私がまだ成人前の子供だから……。シリウス様と婚約できて、こうして浮かれて喜んでしまっていたけれど、早まったかしら。

そんな風に思ってしまう。

こちらに視線を送っていた令嬢達にアルフレッドが近付くと、きゃあという黄色い声が上がる。

アルフレッド王太子殿下は、モテるのね。洗練された王子様だから、分かる気もするけれど……。もしかしたら、学院にいた頃は、シリウス様といい勝負だったのかしら？

セレスティナはシリウスの端整な顔を見上げた。

「あの、シリウス様は？　ダンスは……」

「ティナとなら喜んで」

シリウスに微笑まれて、セレスティナの頬が熱くなる。

「少しは、その、他の方とも踊った方が……」

「……社交上の付き合いという意味なら、気にしなくていい。私が踊る相手はティナだけだ。誰にも文句など言わせない」

でも、このままだと、ずっとシリウス様がロリコンだと言われ続けそうで、いたたまれない。

セレスティナが自分の手元に視線を注いでいると、シリウスが言った。

「何を気にしている？」

どきりとした。

顔に出ていたのかしら？

「ティナ、ティナ、こちらを見なさい」

セレスティナが顔を上げると、片眼鏡をかけたシリウスの青い瞳と視線が合った。

「先程も言ったように、気にする必要はない。私は最高権力者とも対等に渡り合える。心配はいらない。たとえ腹に一物持っていても、誰もがおめでとうと祝辞を述べる。おべっかを使う。見えない場所で、陰口を口にするのがせいぜいだ」

「その陰口が……」

「気になる？」

こくんと頷くと、シリウスがため息をつく。

「私は自分のことなら、なんと言われても気にしない。君にはそれだけの価値がある」

宥めるように髪を撫でてくださったけれど、どうしても心は晴れなくて……

「ティナ、私を見なさい」

セレスティナが再び顔を上げると、怖いほど真剣なシリウスの顔がそこにあった。

「そうだ、私だけを見るんだ。他を見る必要はない。聞く必要はない。単なる雑音だ。私だけを見て、私の言葉だけを聞いていればいい。できるな？」

頷くと、ふわりと抱きしめられた。

「それでいい」

包み込むようなシリウスの声が、とてもとても耳に心地よかった。セレスティナは大きな背にそっと腕を回し、抱きしめ返した。

◇　◇　◇

二人の様子を遠目から見ていたエリザベスは面白くない。

あんな子のどこがいいのよ。どこからどう見ても、お子ちゃまだわ。

そう思えてならず、どうしても酒が進んでしまう。

エリザベスがシリウスに恋をしたのは、今のセレスティナと同じ十六歳の時だ。

あの時の自分は吹き出物だらけで、おまけに太っていたから、異性からはまったくモテなかった。

社交デビュー前で、皆が恋バナに花を咲かせていたけれど、一人だけ蚊帳《かや》の外。二人の姉はとても綺麗で異性にモテたから、それがまた悔しくて、侍女にもよく当たり散らしていた。

――ブスブスブース！　こののろま！　侍女なんか、さっさと辞めたらどう？

そう言って泣かせて、何人辞めさせたか分からない。

だから、癇癪姫《かんしゃくひめ》、なんて言われていた。使用人達にも陰口を叩かれて、それがストレスになって、さらに食べてしまう。悪循環だ。

ある時、兄のアルフレッドが友人を集めて、城の談話室で談笑していた。思わず足を止めて、聞き耳を立ててしまった。集まっているのは皆親しい人ばかりだったようで、誰も遠慮がない。

そのうち、三人の王女の中で誰が一番綺麗か、なんて話になったけれど、もちろん自分を綺麗だなどと言う人はいない。悔しくて、悲しくて、唇をぎゅっと噛んだ。

――オルモード公爵は三人のうち、誰が一番美人だと思う？

――全員同じ。

そんな答えを耳にして、エリザベスは目を丸くする。何度も目をしばたたいた。

おな、じ？　あの綺麗なお姉様達と？　同じくらい綺麗？　一体誰が……

言った相手が気になって、そうっと談話室を覗き込むと、とても素敵な男性がそこにいた。兄のアルフレッドと同じくらい、ううん、それ以上に素敵だと思った。

――ちょ、待て待て待て、オルモード公爵は目が腐ってる！

兄の横にいた黒髪の男性が、そう言った。

――そ、そうだぞ！　上の二人の王女とエリザベス王女殿下のどこが！

別の人がそれに同調する。でも彼の表情は変わらない。

――目が二つに鼻が一つに口が一つ。同じだ。

やっぱり、そう言って取り合わない。

――いや、違う、それ違う。目が三つとか、鼻が二つとか、そんな奴いないから。それだと既に人外……

彼は煩《わずら》わしそうに手を振って、言葉を遮《さえぎ》った。

――そう、全員人間だ。パーツの位置が少し違うだけ。ががた騒ぐな、鬱陶《うっとう》しい。

そう口にし、窓の外に目を向けると、彼は話を強引に終えた。

エリザベスは、彼の姿を食い入るように見た。

白銀の髪に、片眼鏡をかけた端整な顔立ち。威風堂々《いふうどうどう》としていて、気品があって、とっても素敵だわ。

オルモード公シリウス、それが彼の名前だった。

彼に微笑みかけられたら、どんなにいいだろう。

その場をそうっと離れても、興奮が収まらない。心臓がとくとくと早鐘を打つ。嬉しかった。綺麗なお姉様達と同じだって言われて。初めて認められた気がして。だから、ダイエットを頑張ったわ。少しでも彼の目にとまるようにって。

その甲斐あって、十八歳の社交デビューの時には、サナギから蝶になったって言われるほど激変していた。たくさんの異性からダンスを申し込まれたけれど、自分が踊りたかったのは彼だけ。オルモード公爵にもう一度、二人の姉と同じくらい綺麗だと言って欲しかった。

でも、彼は社交の場に姿を現さなかった。兄に尋ねると、奥様と別れてから殆《ほと》ど引きこもりのようになっていたらしい。

——彼は人間の女性に興味がないみたいだよ。

ある時、兄から聞かされて、エリザベスは仰天した。どういうことかと問えば、別れた奥方がドラゴンだったという。

——シリウスは大の爬虫類《はちゅうるい》好きで蛇をこう、従えるんだ。普通の蛇でさえも彼の言うことを聞くから、ちょっと薄気味悪……ああ、いや、とにかくそういうことだから、彼は諦めた方がいい。

——……協力はしてくれないってこと？

——だから、さっきも言ったろ？　彼は人間の女性に興味がないんだよ。

そんな兄の言葉を思い出し、エリザベスは顔をしかめた。

「お兄様の嘘つき……」

セレスティナの姿を思い浮かべ、ぽつりとそう口にした。

◇　◇　◇

華やかなパーティー会場で、イザークが手にしているゴシップ雑誌を見たシャーロットは、目を丸くする。そこには瓦礫《がれき》と化したスワレイ伯爵邸の写真が載っていた。

「え？　何これ……」

「ああ、スワレイ伯爵邸が粉々になったってさ」

イザークが記事の内容を説明した。

「嘘八百書き立てるゴシップ記事だから信憑性《しんぴょうせい》が怪しいけど、気になってさ。今朝の新聞にはこんなの載ってなかったろ？」

「馬鹿ねえ、これがもしパパの仕業なら、新聞になんか載らないわよ」

「なら、これってやっぱり父上の仕業か？」

イザークは困惑顔で、シャーロットはしたり顔だ。

「当たり前じゃない。ティナに知られないように、パパが手を回したに決まってる。で、えー、何々？　スワレイ伯爵邸、粉塵爆発《ふんじんばくはつ》で粉々に吹っ飛ぶ……」

シャーロットがイザークに代わって記事を読み上げる。

「なぁ、粉塵爆発《ふんじんばくはつ》ってなんだ？」

「知らないわよ、そんなの。わたくしに聞かないで」

シャーロットが顔をしかめた。粉塵爆発《ふんじんばくはつ》とは、ある一定濃度で充満した粉塵《ふんじん》（小麦粉でも可）が、火花などで引火し、爆発する現象のことである。

「で、えー……スワレイ伯爵夫妻は入院中で、使用人は全員、自主退職していて邸《やしき》は無人だったので、死傷者はいない。不幸中の幸いだろうって……ふ、あはははははは！　そっか、そりゃそうよね！　アレ塗《まみ》れになった邸《やしき》なんかで、仕事したくはないわよねぇ！　いっそ木っ端微塵《こっぱみじん》になってよかったかもね？」

シャーロットは、スワレイ伯爵夫妻が大量のゴキ××に埋もれて、精神的ショックから入院していることを知っていた。例によって例のごとく、魔道モニターを前にシリウスが一人、ふふふふふと笑っていたので、何をしているのか探ったのだ。黒いカサカサまみれになったスワレイ伯爵邸をばっちり見てしまい、シャーロットは画面を覗き込んだことを心底後悔したが、あとの祭りである。

「スワレイ伯爵は共同事業で失敗、巨額の借金を背負う」

イザークが先を続けた。

「あらあら、まぁまぁ、お気の毒。借金返済のために領地を売り払ったのね。一応爵位は残ったと……ゴキ××伯爵夫妻、北の大地開拓事業団に同行……何これ」

シャーロットが首を傾げる。

「寒いところなら虫がいないだろうって思ったらしい」

「ええ？　何それ、馬鹿じゃないの？　虫なんかどこにだっているわ。しかも、開拓事業って農作業するんでしょう？　石を取り除いたり、土を掘り返したりすれば当然……」

イザークとシャーロットは顔を見合わせる。

「悲鳴悲鳴悲鳴だろうな。ま、俺達の知ったこっちゃない。自分で望んだんだから、開拓事業が終わるまで、踏ん張れって感じ？」

「ま、そうね。未開の土地なら当然、炊事洗濯も自分達でやるのよね？　苦労知らずの貴族があらまぁ大変。これでティナを虐《しいた》げたこと、少しは反省するかしら？」

「さあ、どーだかな？　案外、虐《しいた》げたって意識すらなかったかも」

イザークが肩をすくめる。雑誌の片隅には、無類の女好きバーデ侯爵、同じく共同事業に失敗、不正行為が発覚し、爵位剥奪《はくだつ》の上、財産没収、平民落ちとある。さらに悲惨な状況だ。

平民と結婚したとあるが、この世界では珍しい同性婚である。

ムキムキマッチョなオネエとゴールイン。浮気したら絞め殺すと言われているらしい。結婚指輪の代わりに、バーデ氏の首には煌《きら》びやかな首輪がつけられている。

「ねぇ、これ……」

「多分、そっち系の趣味の奴だと思う」

「ふーん、ま、いいんじゃない？　泣く女がいなくなりそうね。これに監視されて」

シャーロットは存外冷静だ。

悲鳴を上げているブレンダの写真も載っている。にこやかにゲテモノ料理を差し出しているのは、ゴリラ獣人のウッホッホ族の奥方達。それはもう、悪意の欠片もない笑顔である。美味しいよと言いたげだ。そりゃあ、まぁ、食べ慣れた者にとってはそうなのかもしれないが……

さらに読み進めると、ブレンダのコメントが載っていた。

『ち、違う違う、私は騙《だま》されたんだよ！　高貴な血筋の私にふさわしい外交の仕事だって言うから来たんだ！　なのに、なんだいこれは！　秘境に住むゴリラ獣人との交流だなんて、私は聞いてない聞いてない聞いてない！　うひいいいいいいいいいいいい！』

ブレンダの心の叫びであろうか。どうやら知り合いの外交官に勧誘され、喜んで引き受けたけれど、仕事内容が想像していたものとまったく違っていたようだ。帰りたいと日々泣いているようだが、契約書にばっちり署名済みなので、辞退はできないらしい。向こう十年は帰れないとのこと。

「この一族では、お酒は口の中で発酵させるんだとよ」

イザークがぽつりと言う。

「へー、ゴリラ獣人と間接キッス。まぁ、素敵！」

シャーロットがほほほと笑った。

「本気かぁ？」

「冗談よ。ま、でも、あの図太い夫人のことだから、そのうちゴリラ獣人にとけ込んじゃうかも。ゴリラ獣人と見分けがつかなくなったりしてね。あ、そうだ、このことティナには……」

「ああ、言ってない。それに、こんなゴシップ雑誌は見ないよ、ティナは」

「ティナが真面目でよかったわ」

記事を読み終えたシャーロットが、最後にそう言った。

◇　◇　◇

失恋の痛手から大量の酒を口にし、べろべろに酔っ払ったエリザベスが、ふっと目を覚ますと、あたりは暗かった。もう夜になってしまったのかと思ったが、そうではなかった。会場の一角だけが暗い。背景にちりばめられた星から、夜空を演出しているのだと分かる。

その虚空《こくう》に人がいた。空に浮かぶ栗色の髪の少女は、間違いなく例の婚約者だ。身にまとったキラキラと輝くショールがひらひらと風に舞い、まるで天女の羽衣のよう。虚空《こくう》を歩くセレスティナの姿に、エリザベスはぽかんとなってしまう。

何よ、これ……。一体どうなっているの？

「凄いわねぇ」

招待客の一人がそう口にする。

「流石《さすが》は、オルモード公爵閣下が選んだ婚約者だ」

別の招待客がそう言った。妖精のようね、などと笑う貴婦人もいる。

「空中を歩ける靴とは素晴らしい」

別の紳士がそう口にする。

空中を歩ける靴？

セレスティナが履いているのは黒いパンプスで、これまた星屑《ほしくず》のようにキラキラと輝いている。

あれは、オルモード公が作った魔道具ということ？

「あれで王立魔道学院に入学前なのか……」

「主席合格するか？」

「多分な」

「彼女はオルモード公爵閣下と同じ天才って奴だな、きっと」

招待客の言葉に、エリザベスは心底驚いた。

なら、あれはオルモード公が作ったものではないの？　あの少女が？　王立魔道学院に入学すらしていない少女が作った魔道具ってこと？

「シリウス様！」

ショーの終わりに、空中から地上に降り立ったセレスティナが、両手を広げてシリウスに抱きつくと、割れんばかりの拍手が巻き起こる。

「素晴らしい！」

「いやはや、こんな技術を見せていただけるとは、感激ですな！」

招待客が、口々に褒め称える。

何よ、これ……

エリザベスはぎりっと唇を噛む。どう見てもオルモード公爵の仕業だと思う。婚約者の評判を上げるため、計算して演出したに違いない。

「私のティナ」

シリウスの声を耳にして、エリザベスはかっとなった。砂糖を煮詰めたように甘い声だ。どうしても嫉妬心をかき立てられる。

なんでそんなに嬉しそうなの？　なんでそんな風に笑うの？　どうしてよ、どうして！

「オルモード公爵！」

そう叫んで、ずかずかと近寄ると、シリウスの背にセレスティナが隠される。その仕草にまたエリザベスは苛立った。大切にされている、そう感じてしまうから。

「わ、わたくしは……」

綺麗よね？　そう言おうとしてエリザベスは言葉に詰まる。何故か今の問いは違う気がしたのだ。

彼が見ているものは何？　綺麗な女性にはいつだって無関心だった。なら、聞くべきは？

「その……わたくしと彼女の違いって何？」

エリザベスは余裕ある笑みを浮かべ、ふわっと金の髪をかき上げた。おずおずと媚《こ》びるような心境であっても、態度はあくまで高飛車だ。余裕があるように見せてしまう。王女としてのプライド故か、どうしても上から目線が消えない。

「同じ部分はありません」

シリウスはほんの少し首を傾げて、そう答えた。エリザベスは顔を真っ赤にして怒鳴った。

「だから、わたくしより彼女が優れている部分ってどこよ？」

「全部です」

すかさずきっぱり言い切られて、エリザベスは固まった。それはもう、見事に。

「ぜ、全部？」

声が裏返ってしまう。

こ、こんなお子ちゃまに勝てる部分がない？　女としてのプライドが、粉々になりそうな一言だ。

エリザベスは目眩《めまい》を覚えながらも、ぽつりと告げた。

「顔」

「ティナの勝ち」

シリウスが答える。打てば響くような返答だ。嬉しくないけれど。

「ス、スタイル！」

こ、これなら！　胸の大きさも自慢の一つ！

エリザベスは、ふんすと胸を反らす。

「ティナの勝ち」

「わたくしの胸の方が大きいわよ！」

エリザベスはムキになった。スタイル抜群のボンキュッボンである。男性なら誰もが視線を釘付けにすること請け合いであろう。シリウスが大真面目に言った。

「私が美しいと感じるかどうかを聞きたかったのでは？」

そう指摘され、渋々エリザベスは引き下がる。

確かに、オルモード公爵の好みに合うかどうかが重要なわけで……

「性格」

「比べものになりません」

どういう意味よ！

「血筋」

これでどう？

エリザベスは王手をかけたつもりで得意げに笑った。

「ティナの勝ち」

「どうしてよ！」

エリザベスはいきり立つ。自分は王女で相手は元伯爵令嬢。どう考えても自分の方が上である。

「王家はくそったれ」

シリウスがそう吐き捨て、エリザベスはぽかんとなった。

「くそったれ……」

シリウスの言葉を繰り返す。これだけでシリウスが王家に抱いている感情が丸分かりである。な、ならばと、そこに一縷《いちる》の希望を見いだす。

「も、もしかして、わたくしが王族じゃなかったら、わたくしを選んだ？」

そろりとシリウスの端整な顔を見つめ、エリザベスはそう尋ねた。

「選びません」

ふいっとそっぽを向かれて、エリザベスは再び目を剥《む》く羽目となる。

「どーしてよ！」

「ＤＣＤＤＣＣＢＤＣＤ……」

「何それ？」

シリウスは苦虫を噛み潰したような顔だ。

「王女殿下の成績表です。こっちは、忘れたいのに忘れられない……。ひどすぎて。授業中は寝ていたんですか？」

五段階評価で最高評価はＡＡで、最低評価はＤである。急に恥ずかしくなってエリザベスは俯《うつむ》いた。

「……退屈だったから、その……女は適度に馬鹿な方が……」

「馬鹿は嫌いです」

シリウスの一言に、エリザベスはぴきりと凍り付いた。

「じゃ、じゃあ！　一生懸命勉強して、全部ＡＡだったら！」

「ティナがいなければ考慮しました」

「お見合い……してくれたってこと？」

「ええ」

シリウスの返答を聞き、エリザベスはぺったりと座り込んだ。なら、自分は全然見当違いの努力をしていたことになる。だって、女は馬鹿な方がいいって、本気で思ってた。女が賢いと、男は恋愛対象から外す。そっぽを向く。陰口を叩く。その逆の男がいるとは考えもしなかった。

「もし、もしも、わたくしが、その子より頭がよかったら……」

そろりとシリウスを見上げてしまう。しかしシリウスの表情は変わらない。

「……ティナの代わりになれる者はいません」

そう言われてしまう。

「王立魔道学院時代に頭のいい女性もいましたが、どうしても彼女達と話が合わない。理解されない。どうも私の思考は突飛すぎるようで……。でも、ティナは違う。ティナは私と同じ夢を見て、同じ音を奏でる者です。王女殿下、自分が語ることを理解される喜び、心地よさを味わったことは？　私はティナと出会って、初めてそれを手に入れました。ティナの存在は何にも勝る喜びで、私にとっての至宝です」

「……婚約者を心底愛しているのね？」

「そうです」

シリウスの背後からセレスティナがおずおずと顔を出す。そんな彼女を見つめるシリウスのまなざしは、糖蜜のように甘い。シリウスが彼女を引き寄せて、その手の甲に口づける。その姿は恋する男そのもの。どうあがいても覆《くつがえ》せそうにない。惨敗だとエリザベスは思った。

「オルモード公シリウス……」

「ん？」

「ご婚約おめでとう。素晴らしい婚約者だわ」

すっきりした気持ちでそう言うと、シリウスが笑った。笑ってくれた。

「ありがとうございます、王女殿下」

その顔にぼうっと見惚《みと》れてしまう。彼に微笑みかけられたら、どんなにいいだろう——彼に恋したあの時、自分は確かにそう思った。

一つだけ、一つだけだけど願いが叶ったわね。

エリザベスはそんなことを思って、あははと涙を滲《にじ》ませつつ笑った。

◇　◇　◇

——婚約者を心底愛しているのね？

——そうです。

思い出すだけでセレスティナの頬が熱を持つ。こんな風にはっきり言われると、嬉しさと恥ずかしさがない交ぜになった感情に襲われて、困ってしまう。

パーティーがお開きになると、エリザベスはつんっと顎《あご》を上げ、シリウスに言った。

「次はわたくしの結婚式に招待してあげるわ。絶対にいらっしゃいな。ばっちり幸せになって、わたくしみたいにいい女をふったことを後悔させてあげるから」

ぷいっとそっぽを向いた顔が少し赤い。どうやら素直になるのが苦手なようである。

「迷惑をかけたね、すまない」

アルフレッドがシリウスに囁く。

「……そう思うなら、妹が幸せになるよう手助けをしてやるんだな」

「ははは、そうさせてもらうよ。じゃあ、また」

アルフレッドは気さくにシリウスの肩を叩き、妻である王太子妃を連れて立ち去った。王太子夫妻と共に歩いていくエリザベスの背を、セレスティナはシリウスと共に見送った。

どうか、彼女が幸せになりますように……

そう心の中で願いながら。


婚約式を終えた翌月、セレスティナはシリウスに王都の街中へと連れ出された。

大通りに沿って並ぶ店は、いろんな品物で溢《あふ》れている。季節を反映した美しい衣装やお洒落《しゃれ》な小物、おもちゃ箱のようなお菓子の数々、職人が作った可愛らしい人形達がショーウィンドウに並べられていて、見るだけで楽しい。ちらりと後方を見れば、銃騎士のダグラス・ウィットが付かず離れずの距離を保ってついてくる。シリウスの専属騎士で、眼光が鋭く抜け目ない感じがするけれど、笑った顔には愛嬌があった。

「何か欲しいものがあれば言いなさい」

シリウスがセレスティナに向かってそう告げる。

欲しいもの……

「あ、その、それなら手を繋いで……」

セレスティナはそう口にしたものの、シリウスの青い瞳と目が合い、ぱっと下を向いてしまう。

恥ずかしい。手を繋いで歩きたいなんて、どう考えても子供っぽすぎるわ。

「手？　手……」

シリウスの声が聞こえたかと思うと手を取られ、セレスティナはどきりとする。

「可愛いお願いだな」

くすりと笑われた気がした。かーっとセレスティナの顔が熱くなる。

嬉しい、恥ずかしい、嬉しい、恥ずかしい……

途中、立ち寄った店で苺のアイスを手渡されて、食べ歩きをする。

なんだか、デートみたい。

嬉しくてセレスティナがそう口走ると、後方を歩いていた銃騎士のダグラスがひょいっと口を挟んだ。

「デートでしょう？　ですから今回はイザーク様とシャーロット様のお二人はお留守番なんですよ、セレスティナ様、いてっ！」

あら？　シリウス様にげんこつで殴られた？

「ああ、はいはい、分かりました。お嬢様を名前で呼ぶのは駄目ってことですね？」

ダグラスが頭をさすりつつ、ため息まじりに言う。

「ですので、まぁ、お嬢様くらいの年頃の女の子が喜びそうなところを、いろいろ回る予定です。是非楽しんでいただければと」

デート……。急にそわそわとしてきて落ち着かない。

「あの、シリウス様は食べないんですか？」

セレスティナがアイスを掲げると、ダグラスが苦笑いをする。

「ああ、公爵様は甘いものが駄目なんですよ。口にすると吐き気がするらしいです。ですから、こういった甘味を購入するのは全てお子様のためですね」

甘いものが駄目？

「でも、デザートは……」

セレスティナは不思議に思った。食後に出されるデザートは普通に食べていたからだ。

「公爵様のだけ味付けが違います。微糖ってやつですかね？　あるいは無糖」

ダグラスが答える。何故わざわざそんな真似をするのかと聞くと、シャーロットとイザークに甘いものが苦手だと知られると食べろ食べろとやられかねないので、秘密にしているのだとか。

だからご内密に、そうダグラスに囁かれる。

そんなに駄目？　あ、なら。

「もしかして、果物も駄目？」

「ああ、酸味のある爽やかなものなら、大丈夫らしいです。つまり人工甘味料が駄目って感じですか？　甘ったるいジャム、マジ吐きます。なのに公爵様は、元奥様の時に涙ぐましい努力をなさって……いたっ！」

やはりシリウスの拳が飛ぶ。

「喋《しゃべ》りすぎだ」

「申し訳ありません」

シリウスの叱責にダグラスが身を縮めた。

「奥様との間に何かあったの？」

「ええ、それが、その……」

セレスティナがダグラスにこっそり聞くと、彼は口ごもったが、結局、声をひそめて教えてくれた。

「その、元奥様は、ほら、あれです。ドラゴンですので、料理なんてからっきしです。でも、甘ったるい恋愛小説では、手作りのうんちゃらを『はい、あーん』ってやるじゃないですか。一度やってみたかったらしくて、パンにジャムを塗ったものでそれをやったんですよねぇ。ジャムを塗っただけなのに、元奥様はそれを手作りだって言い張って……。それで、ええ、たっぷりのジャム付きパンを元奥様に差し出された公爵様は、彼女を傷つけまいとなさったんでしょうね。はい、見事完食なさいました」

セレスティナは目を丸くする。

「完食！　苦手なのに？」

「はい、それでこう、限界だったんでしょうね。元奥様の目の届かない場所まで走っていかれて、げーっとやられまして……本当に涙ぐましい、あいたたたたたたたたた！」

シリウスが手にしたステッキで、ダグラスの頭をゴンゴン叩く。

「帰れ」

「いや、本当すいません！　公爵様！」

ダグラスが平身低頭、土下座せんばかりに謝った。

「ごめんなさい！　カンベンして！　悪気はまったくありません！　むしろあれを見て、俺は公爵様を尊敬しましたから！　俺には到底真似できません！　これは同じ轍《てつ》を踏ませたくなかった親切心です！　はじめっから話しておけば、ほら！　甘ったるいケーキを、あなたのために作りましたと、笑顔で差し出されることもないかと！　でないと、今度はお嬢様の手作りうんちゃらを差し出されて、完食する羽目になりますよ？　それで、げーっは嫌でしょう？」

本当に必死だ。

「シリウス様？　あの……」

セレスティナは彼の服をくいくいと引っ張った。

「手作りのケーキは、甘くないものにしますね？」

笑顔でそう言うと、シリウスの厳めしい顔がふっとほころんだ。機嫌が一気に直ったらしく、鼻歌まじりでセレスティナの手を引いて歩き出す。

「助かりました、お嬢様」

ダグラスがひっそりお礼を言った。

「あのままだったら、三食グリンピースで埋められていました、はい」

彼の苦手なものはグリンピースだったらしい。好き嫌いのまったくないセレスティナは可愛いと感じ、くすくすと笑ってしまった。

「わあ、綺麗……」

セレスティナが連れていかれたのは水族館だった。巨大な水槽の中では、虹色の魚がひらりひらりと舞っている。

「さかにゃー、さかにゃー」

横で母親に抱っこされていたちっちゃな男の子がにぱっと笑いかけてくる。セレスティナが笑って手を振り返すと、シリウスの大きな体が割って入り、親子の姿が見えなくなった。背後にいたダグラスが処置なしというように片手で顔を覆う。

イルカのショーを見る時は、当然のようにシリウスの膝抱っこだ。セレスティナの頬がほんのり色づく。二人きりの特別席だったけれど、区分けする壁などないので一般席から丸見えである。

特別席までポップコーンを売りに来た愛想のいい男性販売員が、「やあ、可愛らしいお嬢さん、ポップコーンは……」と言いかけたが、シリウスの顔を見た途端、ぎくりとしたように身をすくませ、さあっと足早にその場を離れた。アイスクリームを売りに来た販売員も同じだ。

一体どうしたのかしら？　皆逃げていくわ。

「公爵様……」

二人の背後にいたダグラスが呆れたように言う。シリウスがふいっとそっぽを向いた。

「気のせいだ」

「いえ、あの、本当、公爵様、言わせてください。あれは単なる営業スマイルでしょう？　全員に言っている売り文句ですよ？　売り子さんが売り込みに来た時くらい大目に見てあげないと、お嬢様がお気の毒ですが？　欲しいものが買えませんよ？」

「……買うなとは言っていない。欲しいなら私に言えばいい」

シリウスがむっつりとそう返した。ダグラスがはふうっとため息を漏らす。

「お嬢様が異性に笑い返すのが嫌、ですか……。ちっちゃなお子様にまで焼き餅って……本当、先が思いやられます……」

ダグラスが天を仰いだ。セレスティナの頬が熱を持つ。

焼き餅……本当かしら？

つい見上げると、シリウスにきゅうっと抱きしめられる。

「さあ！　皆のヒーロー、ファイヤマンの登場よ！」

司会のお姉さんの声とともに、赤い装甲に金色の炎の装飾が施されたヒーロースーツを身につけた男性が躍《おど》り出る。軽々とバク転をしながらの登場で、わあっと歓声が上がった。イルカのショーの前座のようなものらしい。

「ああ、ほら、見て！　水族館を襲うタコキメラを倒してくれるわ！」

司会のお姉さんのノリノリの誘導で、今度はタコキメラの着ぐるみを着た人が舞台上に躍《おど》り出る。ファイヤマンの扮装をした人はとても身軽で、バク転やら宙返りやらを披露し、そこここで派手な花火が炸裂する。最終的に、攻撃を受けたタコキメラは、やられたぁとばかりに退場し、子供達は拍手喝采だ。

子供っぽい演出だったけれど十分楽しくて、セレスティナも喜んで手を叩く。ファイヤマンが会場に向かって愛想良く手を振ったので、セレスティナもまた手を振り返した。

ふっと見ると、シリウスが手にした懐中時計型指令機を高速で操《あやつ》っている。

もしかしてつまらないのかしら？

メインはイルカのショーなので、つまらないと感じる大人がいても不思議はない。

「正義は勝つ！」

ファイヤマンが腕を振り上げ、決めポーズをしたまさにその瞬間、目の前のプールがパアッと青く光り、なんと大妖蛇《だいようじゃ》がざばあっと水中から鎌首をもたげて現れた。その迫力満点の演出に観客はさらに大盛り上がりだが、セレスティナは驚いた。

大妖蛇《だいようじゃ》……立派な魔獣だわ。召喚者がいて、コントロールしているのだろうけれど、本気になれば人など丸呑みにできる。あんなものを子供向けのショーに出していいのかしら？

「すごーい！　やっつけてぇ！　ファイヤマン！　ファイヤマン！」

子供達が叫ぶも、ファイヤマンは狼狽《うろた》えた。

「な、なんだこれは！」

「し、知りません！」

そんなことを職員と言い合っている。

「何か水の中から召喚されたっぽいです！」

「召喚魔術？　え？　誰がそんな真似を？」

「水が青く光っていましたから、アレじゃないですか？　今流行《はやり》の！『いつでもどこでも蛙とお友達！』という魔道具がばんばん売れています。それの蛇バージョンでは？　あれは水に投げ入れるだけで、蛙がしゅぽんっと召喚されます。便利です」

ファイヤマンが首をぶんぶん横に振った。

「ちがちがちが！　あれのどこが蛙だよ！」

「ええ、だから、原理が一緒という意味で……」

「一緒じゃない！　あれはどう見ても大妖蛇《だいようじゃ》だ！　魔獣だ魔獣！　あんなもんを水に放り込んだだけで、召喚する魔道具が、あってたまるかぁああああ！　嫌がらせにもほどがある！　誰だ、こんな真似をした阿呆は！」

「危ない！」

シャーッと鎌首をもたげた大妖蛇《だいようじゃ》に危うく呑み込まれそうになり、ファイヤマンはすんでのところでかわす。セレスティナは気もそぞろだ。

えっと……これって？　本当にショーなの？　舞台の人達全員、本当に慌てているみたいだわ。お客さん達は大盛り上がりだけど……

「正義が負ける場合もある」

舞台を見つつ、しれっとシリウスが言い切った。銃騎士のダグラスがぼそりと呟く。

「公爵様、それやったら子供達は泣きますが？」

「大丈夫、蛇がヒーローだ。よく見てみろ、格好いいだろう？」

シリウスが断言するも、ダグラスは冷静だ。

「無理です。蛇は普通悪者です。あれが勝ったら子供達は泣きます」

シリウスがいきり立つ。

「あんなに美しい生き物はいないぞ！」

「公爵様！　主旨が違ってます！　ずれてます！　お嬢様の笑顔がファイヤマンに向くのが嫌だったんでしょう？　蛇がヒーローなら、いいんですかぁ？」

「あれならいい！　恋愛対象外だからな！　にっこり笑って寛容に許す」

「全然寛容じゃありません！　許容範囲がめっちゃ狭いです！」

ど、どうしよう……

セレスティナは焦った。

なんだかシリウス様が召喚したっぽい。このままだとファイヤマンが負けそう。どう見ても劣勢だわ。今だって大妖蛇《だいようじゃ》から逃げ回っていて、周囲がざわついているもの。警備兵が乱入すればいいのだろうけれど、それだとやっぱりヒーローが負けたってことになってしまうわ。

ファイヤマンは役者であって戦士ではない。大妖蛇《だいようじゃ》と戦えなんて無茶ぶりもいいところだ。

でも、大人気のファイヤマンが負けたら、子供達がきっとがっかりするわ。どうしよう、どうしよう、どうすれば……

「へ、蛇がとっても格好いいわ！　まるでヒーローみたい！」

セレスティナはぱんっと手を叩いてそう言った。

「間近で見られたら、とっても素敵！」

シリウス様が召喚者なら、多分、大妖蛇《だいようじゃ》はシリウス様の命令を聞くはず。

セレスティナの読みは当たり、シリウスがシャーッと言うと、今までファイヤマンを攻撃していた大妖蛇《だいようじゃ》の頭が、ぐりんとこちらを向いた。それはもう、もの凄い勢いで。

え？　もしかしてシリウス様、好かれている？

セレスティナには大妖蛇《だいようじゃ》がもの凄く喜んでいるように見えた。召喚者は大抵、魔獣の意思を魔道力で抑えつけて支配するので、嫌われる傾向にあるのだけれど……

大妖蛇《だいようじゃ》が喜び勇んで、しゅるしゅるっとシリウスに向かってやってくる。その通り道にいた人間がざあっといなくなった。当の大妖蛇《だいようじゃ》はシリウスに巨大な頭を押しつけて、甘えるような仕草を見せた。シリウスが大妖蛇《だいようじゃ》の頭を二、三度撫でると、しゅぽんっと消える。召喚が解除されたのだろう。

「すっごーい！　蛇使いのお兄さんだぁ！」

一瞬周囲がしんっと静まりかえったが、子供の一人が拍手をすると、わっと沸いた。マイクを持った司会のお姉さんが、すかさずそれに乗る。

「はいはい、凄いです！　ファイヤマンの親友が助けに駆けつけてくれましたぁ！　拍手ぅ！」

どうやら強引にファイヤマンの仲間、ということにするらしい。すると、何やらシリウスが反応し、ピピピと懐中時計型指令機を片手で操《あやつ》った。相変わらず動作がもの凄く速い。と、舞台に駆け上がり、耳打ちする人が現れた。

「え？　はい？　あれ、公……」

耳打ちされたお姉さんが、ぎょっとしたようにこちらに目を向け、言葉に詰まる。舞台にいる人間全部の視線が、シリウスに集まった。

「な、なんで、高位貴族がこんなとこに？　え？　お忍び？」

やばいやばいやばいと舞台にいる人達が騒ぎ、セレスティナははたと気が付く。

あ、もしかして、シリウス様が公爵様だって分かったのかしら？　身分が分かると、やっぱりびっくりするわよね。

「はいー、皆さん、彼は！　親友ではなく、ファイヤマンの上司です上司！」

高らかに司会のお姉さんが言い直した。

「そ、そう！　とっても偉いんです！　ファイヤマンを助けてくれてありがとう、と言いましょう！」

ありがとーっと子供達が素直にお礼を言うも、何故かしら？　ちっともシリウス様の表情は緩まないわ。むしろ不機嫌そう？　こういう催しが嫌いとか？

「シリウス様、ありがとう」

セレスティナが笑ってそう言うと、無表情だったシリウスの顔が、ふわっとほころんだ。

「どういたしまして」

笑顔が素敵で、やっぱり見惚《みと》れてしまう。

「……お嬢様からのお礼だけが嬉しいんですね？」

ぼそりとダグラスが言う。

「でも、騒動の原因は公爵様……」

「グリンピース」

「嘘です！　何も言ってません！」

ダグラスの背がびしぃっと伸びた。周囲の歓声を浴びながら、無事イルカのショーが始まり、セレスティナはほっと胸を撫で下ろす。

夕食は落ち着いた雰囲気のレストランに入った。そこでセレスティナは十六歳の誕生日をもう一度祝ってもらった。料理長が顔を出し、お祝いの言葉と共に特別料理を振る舞ってくれたのだ。

けれど、セレスティナが一番嬉しかったのは、満天の星の下、きらめく噴水の傍でシリウスとダンスを踊ったことかもしれない。

「君が成人する時が待ち遠しい」

シリウスにリードされ、ダンスのステップを踏みながら「早く大人になるわ」と、セレスティナは答えたけれど、シリウスは首を横に振った。

「いや、今のは私の我儘《わがまま》だから、聞かなくていい」

でも……

「多くを学べと言いたいのに、早く成長しろと願ってしまう。今この時を駆け抜けてしまえば、今のままでいられるのではと、そう考えるから」

シリウスの青い瞳がセレスティナを包み込む。

「言っただろう？　君は可能性の宝庫だと。それを伸ばすには多くの経験を積んで視野を広げる必要がある。だから学院に行かせようと思った。けれど、そうなると大切なものが変わってくるんだ。求めるものも……確かだと思っていたものが色あせることもある」

「変わらないわ、この思いは変わらない……」

セレスティナが思いの丈をぶつけると、シリウスは笑った。

「ティナ、ティナ、私のティナ。ああ、君は純粋で美しいな。この時ばかりは、大人の自分が恨めしい。自分が歩んできた道のりから、いろんなことが見えてしまう。分かってしまう。けれど、確かに、そう、確かに君の言う未来もあるのだと、今は夢見ようか……」

ダンスの終わりに、シリウス様は私の額にキスしてくださった。手の甲にも……

その仕草が印象的で、セレスティナの心に不思議な余韻を残した。


王立魔道学院に入学するまでの半年間、セレスティナは魔工学の講義に夢中になった。

シリウスの目線で語られる魔工学は脅威と驚きに満ちていて、わくわくが止まらない。セレスティナが興味を示せば示すほどシリウスは喜び、よりいっそう講義に熱が入る。セレスティナは嬉しくて仕方がない。スワレイ伯爵邸では決してなかったことである。

学院には、無事に主席合格した。入学時期が迫ってくると、これまたそわそわしてしまう。

セレスティナが部屋の隅に視線を向けると、オーダーメイドの制服がある。チェックの柄のスカートに赤いリボンの可愛いデザインで、お気に入りだ。

学院に通うのが楽しみだわ。

セレスティナは顔をほころばせた。

「王立魔道学院に入ったら、シャルお姉様と一緒のクラスになれるかしら？」

「なれるわよ。パパがそうなるように手を回したもの」

シャーロットがそう請け負った。

「お兄様もお情けで一緒のクラスにしてもらったみたいね。余計な男を近付かせない、とか宣言してたわ。ま、知らない男にべたべたされるより、お兄様の方がマシってことかもね」

シャーロットが訳知り顔で笑った。


入学式の日、セレスティナが朝食の場に降りていくと、シリウスが目を細めた。

「ティナ、制服、よく似合っている」

額にはいつものように、おはようのキスが落とされる。くすぐったくて嬉しい。

朝食後、セレスティナとともに自動馬車に乗り込んだのは、シリウス、シャーロット、イザークの三人だ。銃騎士のダグラスとマジックドールのハロルドもいる。これから王立魔道学院の入学式だ。首席合格者であるセレスティナは、新入生を代表して挨拶することになっている。

馬車の窓から外を見ると、空は高く青い。眩しいほどの快晴だ。

「え？　パパがティナの専属講師？」

馬車内で大きな声を上げたのはシャーロットだ。セレスティナが目を丸くする。

私の専属講師……シリウス様が？

「そうだ。ティナは魔工学の基礎を、既に学び終えている。そして、ティナの勉学速度に、他の生徒達はついていけない。なので、私がティナの専属講師になったんだ。卒業までみっちりティナに魔工学の講義をしようと思う。ふふふふふふふ、楽しみだ」

シリウスの台詞《せりふ》に、シャーロットが身を乗り出した。

「え？　ちょ、待って……魔工学の勉強は、パパとティナのマンツーマンってこと？」

「そう。地理、歴史、文学、語学など、共通科目だけ他の連中と一緒に勉強だ」

シャーロットが目を剥《む》いた。

「そ、それだと！　ティナの学院生活は半分以上、パパにべったりってことになるじゃない！　うん、パパがティナにべったりになるのよね？」

シリウスがしれっと答える。

「そうでもしないと時間の無駄になる。私はティナの才能を埋もれさせる気はないぞ？　私が専属講師にならないのなら、ティナは私と同じように飛び級で進学だ。シャルとはクラスが別々になるが、それでいいのか？」

「よくない。三年間、一緒の学院生活を満喫したいわよう」

シャーロットは半泣きだ。

「なら、私が専属講師になることを歓迎すればいい。そうそう、一緒に卒業できるよう、ティナの在学期間を調節することも可能だぞ？　私が専属講師になれば飛び級と同じ、いや、それ以上の効果を得られるからな」

シャーロットが目を丸くする。セレスティナが専攻する魔工学の在学期間は、通常の倍の六年間なので、そのままであれば、残念ながらシャーロットの方が先に卒業することになる。

「ティナと一緒に卒業できるってこと？」

訝《いぶか》しむシャーロットに向かって、シリウスがにっこりと笑う。

「その通り。ティナの頭脳なら、三年もあれば卒業試験どころか、確実に魔工技師の資格試験に受かるからな。三年間ティナと同じクラスで、卒業式も一緒だ。どうだ、嬉しいだろう？」

シャーロットがげっそりと言う。

「で、ティナの卒業と同時に結婚？　パパったら囲い込みが凄すぎる」

「……なんとでも言え。婚約前に忠告はしたからな」

シリウスがふんっとそっぽを向いた。口は挟ませない、そう言いたげだ。

「はいはい、分かってるわよ。ティナが喜んでいるから許すわ」

シャーロットが諦めたように肩をすくめ、セレスティナはどきりとしてしまう。

喜んでる……確かに嬉しい。シリウス様とこうして一緒にいられれば幸せなの。見つめられるだけでどきどきするわ。抱きしめられれば、ただそれだけで舞い上がってしまう。

セレスティナは改めてシリウスの姿に目を向けた。

輝く長い白銀の髪は流星の色。厳格な顔はほころべば温かい。透明で優しくてハチャメチャな私だけの天使様……。ずっとずっとそのままでいて欲しい。ただ、手にしている審判の爆弾だけは、爆発しないように、そっとしまっておいてくれると嬉しいのだけれど。

セレスティナはシリウスの姿に目を細め、幸せそうにふわりと微笑んだ。

新＊感＊覚ファンタジー！

Regina レジーナブックス

完璧令嬢、鮮やかに舞う!

華麗に離縁してみせますわ！ 1～3

白《しろ》乃《の》いちじく
イラスト：昌未

父の命でバークレア伯爵に嫁いだローザは、別に好き合う相手のいた夫にひどい言葉で初夜を拒まれ、以降も邪険にされていた。しかしローザはそんな夫の態度を歯牙にもかけず、さっさと離縁して自由を手に入れようと奮起する。一方で、掃除に炊事、子供の世話、畑仕事に剣技となんでもこなす一本芯の通ったローザに夫エイドリアンはだんだんと惹かれていくが……アルファポリス「第14回恋愛小説大賞」大賞受賞作、待望の書籍化！

詳しくは公式サイトにてご確認ください。
https://www.regina-books.com/

この作品に対する皆様のご意見・ご感想をお待ちしております。
おハガキ・お手紙は以下の宛先にお送りください。

【宛先】
〒150-6019 東京都渋谷区恵比寿4-20-3 恵比寿ｶﾞｰﾃﾞﾝﾌﾟﾚｲｽﾀﾜｰ19F
（株）アルファポリス　書籍感想係

メールフォームでのご意見・ご感想は右のＱＲコードから、
あるいは以下のワードで検索をかけてください。

アルファポリス　書籍の感想　検索

ご感想はこちらから

本書は、「アルファポリス」（https://www.alphapolis.co.jp/）に掲載されていたものを、改稿のうえ、書籍化したものです。

最狂公爵《さいきょうこうしゃく》閣下《かっか》のお気《き》に入《い》り

白乃いちじく（しろの いちじく）

2024年10月5日初版発行

編集－塙 綾子
編集長－倉持真理
発行者－梶本雄介
発行所－株式会社アルファポリス
〒150-6019 東京都渋谷区恵比寿4-20-3 恵比寿ｶﾞｰﾃﾞﾝﾌﾟﾚｲｽﾀﾜｰ19F
TEL 03-6277-1601（営業） 03-6277-1602（編集）
URL https://www.alphapolis.co.jp/
発売元－株式会社星雲社（共同出版社・流通責任出版社）
〒112-0005 東京都文京区水道1-3-30
TEL 03-3868-3275
装丁・本文イラスト－アヒル森下
装丁デザイン－AFTERGLOW
（レーベルフォーマットデザイン－ansyyqdesign）
印刷－中央精版印刷株式会社

価格はカバーに表示されてあります。
落丁乱丁の場合はアルファポリスまでご連絡ください。
送料は小社負担でお取り替えします。

ISBN978-4-434-34528-9 C0093